中国孩子最喜爱的

成语故事

卜兴丰　编

中国言实出版社

图书在版编目(CIP)数据

中国孩子最喜爱的成语故事 / 卜兴丰编写.
—北京:中国言实出版社,2012.4
ISBN 978-7-80250-859-0

Ⅰ.①中…

Ⅱ.①卜…

Ⅲ.①汉语—成语—故事—少儿读物

Ⅳ.①H136.3-49

中国版本图书馆CIP数据核字(2012)第058644号

策划编辑　周汉飞

出版发行	中国言实出版社	
	地　　址：北京市朝阳区北苑路 180 号加利大厦 5 号楼 105 室	
	邮　　编：100101	
	编辑部：北京市海淀区北太平庄路甲 1 号	
	邮　　编：100088	
	电　　话：64924853（总编室） 64924716（发行部）	
	网　　址：www.zgyscbs.cn	
	E-mail：zgyscbs@263.net	
经　　销	新华书店	
印　　刷	北京龙跃印务有限公司	
版　　次	2012年4月第1版 2016年10月第2次印刷	
规　　格	710毫米×960毫米 1/16 10印张	
字　　数	140千字	
定　　价	39.80 元 ISBN 978-7-80250-859-0	

前　言

　　成语是中华民族语言宝库中的一朵奇葩，是中国古代人民智慧的结晶，是祖先留给我们的一笔宝贵的文化遗产。许多成语非但言简意赅，具有极强的概括力和形象性，而且在它背后隐含着一个个生动感人、精彩绝伦的历史故事，具有丰富的文化信息。诸如盘古"开天辟地"的创造伟力，越王勾践"卧薪尝胆"的忍辱负重，"愚公移山"、"精卫填海"的坚定不移，蔺相如"完璧归赵"的大义凛然和机智勇敢，如此等等，至今读来仍然震撼着人们的心灵。

　　理解成语中包含着的饶有趣味并闪烁着智慧之光的历史故事，充分了解中华成语的出处、原意、引申意，对中国孩子来说，仍具有极强的现实意义。在语言表达上恰当合理地运用成语，不仅可以使语句精炼、形象生动，富有表现力，而且可以提高个人品位和文化修养。学习成语不失为学习历史，继承中华民族智慧的一种巧妙而便捷的方式。

　　然而，因为年代久远，博大精深的中华成语对现在的孩子而言已经陌生难懂了。因此我社特组织专家学者针对中国孩子的认知水平和教育背景，优中选优，挑选出对孩子成长影响深远、又易于理解的成语，汇编成这部《中国孩子最喜爱的 成语故事》，将成语用妙趣横生的故事娓娓道来，让孩子在生动的故事中学知识、学做人。不仅如此，为了适应孩子的阅读需求，我们精选历代精品绘画、历史遗迹、自然风光、精美器物饰品的图片以图带文，以文衬图，使文章与图片交相辉映，达到了完美的有机结合，充满时空场景感，使孩子在阅读故事、汲取文化营养的同时，如同走进了成语故事的历史画卷，如历其事，如见其人，如闻其声。

值得一提的是，本书最大的特色是符合少年儿童的生理特点和心理特征，适应少年儿童的阅读习惯和认知水平。诸如所有故事均标注拼音，以扫除少年儿童的阅读障碍，培养他们的独立意识和探索精神，满足他们强烈的求知欲望；更重要的是本书所用字体较同类出版物为大，疏朗美观的版式有利于保护孩子们的视力；而且，所配丰富的彩色图片新颖活泼、趣味性强，富于立体感和现代性，符合读图时代新新人类的阅读习惯和阅读要求，使孩子们在轻松活泼的阅读氛围中感受博大精深的中华文化，吸收民族语言精华，汲取前人的经验与智慧。总之，本书是我社奉献给广大少儿读者的一部融知识性、学术性、趣味性、活泼性于一体的精彩力作。

目录

MU LU

目录

MU LU

爱屋及乌

公元前1000年左右的时候，正值商朝末年，这时商朝的国王叫纣王。纣王穷奢极欲、残暴无道，西方诸侯国的首领姬昌决心推翻商朝，并积极扩军备战。但是很可惜，在发兵之前，他就去世了。姬昌死后，他的儿子姬发继位，称为周武王。周武王联合诸侯，并借助军师姜太公及自己弟弟的辅佐，出兵攻打纣王。双方在牧野展开决定性的一战，结果商军大败，纣王自焚而死。

纣王死后，周武王为了使天下安定，便召见姜尚，问道："进了商朝的都城，该怎么处置商朝的百姓呢？"

姜太公说："我听说过，如果喜欢一个人，就连他屋上的乌鸦也喜爱；如果讨厌一个人，就连他家的墙壁篱笆也讨厌。我的意思是：对于敌人，我们要赶尽杀绝，一个也不能留。不知大王意下如何？"

武王不同意这么做。这时召公说："我曾听说，有罪的人，一定要杀；无罪的人，可以让他们活下来。我认为应当杀掉所有有罪的人，大王您怎么看？"

武王也不同意。这时周公说："我认为君王不应偏爱自己的旧友和亲属，要用德行来感化天下所有的人。"

武王听后，心中豁然开朗，便按照周公说的去做。从此，天下果然很快就安定了下来。

以上故事中姜太公说的"如果喜欢一个人，就连他屋上的乌鸦也喜爱"就是成语"爱屋及乌"的出处，这则故事被记录在《尚书·大传》中。

姜太公像

按图索骥

　　春秋时期有一个著名的相马专家，名叫孙阳，据说他能一眼看出一匹马的好坏。由于传说中伯乐是掌管天上马匹的神，所以人们又称孙阳为伯乐。

　　伯乐根据自己识马的丰富经验，编了一本《相马经》。在这本书中，他介绍了千里马所具有的各种特征，还画了大量的插图，以供人们在识马时参考使用。

　　伯乐有一个傻儿子，他看了父亲的《相马经》之后，便照着书上写的千里马的特征去寻找千里马。他看到书上说千里马有脑门高、眼睛大、马蹄像摞起来的酒曲块等特征，于是他拿着书，到外边去寻找。刚出家门，他就看见一只大癞蛤蟆，便抓回去对父亲说："我找到了一匹好马，

和书上说的差不多，只是它的蹄子不像摞起来的酒曲块！"伯乐看到儿子手中的大癞蛤蟆，觉得又好气又好笑，幽默地说："这'马'爱跳，没法子骑呀！"

这则故事被记录在明代杨慎编写的《艺林伐山》这本书中。故事中的伯乐的傻儿子按照图上所画的千里马的特征去寻找千里马，就是成语"按图索骥"的来源。现在人们多用这个成语形容做事墨守成规，不能灵活变通。

百骏图

拔苗助长

相传，春秋时期宋国有一个农夫，他总是担心田里的禾苗不长，每天都要到田边去看看禾苗的生长情况。可是一天又一天，禾苗似乎一点也没有长。他在田边十分着急地走来走去，自言自语地说："我要想办法帮它们长高。"

他回到家中使劲地想啊想。一天，他终于想出了一个好办法，便急急忙忙地跑到田边，将禾苗一棵棵地往上拔，从早上一直忙到晚上，累得气喘吁吁。他疲惫不堪地回到家中，说："今天我可累坏了！但力气总算没白费，禾苗都长高了。"他儿子听了，不明白他的话，就跑到田间去一看，结果发现禾苗全都枯死了。

这是儒家经典著作《孟子》中的一个非常有名的故事。后来人们就把这个农夫的愚蠢行为总结成"拔苗助长"这个成语，以形容不考虑事物发展的客观规律，急于取得成功，结果反而把事情弄糟了。

百发百中

白起像

战国时期，秦国有一位非常了不起的将领，名叫白起。他准备攻打魏国的首都大梁。大梁一旦被秦国占领，附近的西周王室就将会处于非常危险的境地。这时，谋士苏厉对周王说："您应该设法阻止白起的进攻，否则后果将不堪设想。"

于是，周王派苏厉去秦国劝说白起不要攻打大梁。苏厉来到秦国，对白起说："从前，楚国有一个叫养由基的人擅长射箭，他站在距柳叶一百步远的地方射箭，射一百次，中一百次，每次都能射中柳叶的中心。站在一旁观看的人都对他赞不绝口，只有一个过路人说：'我可以教他怎样射箭了。'养由基听到此话，很不高兴，就说：'别人都说我射得好，而你竟然说可以教我射箭了，要不我们比试比试？'那人说：'我不能教你射箭本领，但是你想想，你射柳叶能够百发百中，却不知道休息，一旦疲劳了，有一箭射不中，你就前功尽弃了。'"讲完故事，苏厉又说："你打败了韩国、赵国，现在又要经过周王室的所在地去攻打大梁，如果这一仗失败了，你就会前功尽弃。你不如以自己生病为借口，不要出兵好了。"白起没有听从苏厉的劝告，仍然带兵攻打魏国，结果大获全胜。

这个故事中苏厉说养由基的射箭技术很高，能够"射一百次，中一百次"，就是成语"百发百中"的出处。这则故事被记录在《战国策·西周策》中，后来人们用这则成语比喻做事很有把握，决不落空。

半途而废

乐羊子妻断织

相传在东汉时期，河南有一个名叫乐羊子的人，他的妻子非常聪明贤惠，远近闻名。

一天，乐羊子在路上捡到一块金子，回家后把它交给了妻子。妻子知道金子的来源后，说："我听说志向远大的人不喝盗泉里的水，因为它的名字让人厌恶；品行廉洁的人宁愿饿死也不吃别人施舍的东西，因为这样会玷污一个人的品行。"乐羊子听后，非常惭愧，就将金子扔到很远的地方，然后到外地拜师求学。一年后，乐羊子回到家中。妻子问他为什么这么快就回来，乐羊子说："没有别的原因，只是出门时间长了很想家。"妻子听完，拿起一把剪刀，走到织布机前说："这织布机上的绢帛是一根丝一根丝地积累起来的，如果我割断它，就会前功尽弃。读书也是如此，知识是靠一点一滴积累的，如果学到一半就回来，这跟割断织布机上的

彩漆人物图匣

蚕丝有什么区别呢？"

妻子的话深深地打动了乐羊子，于是他又继续外出求学，七年以后才回来，终于学有所成。

以上故事中乐羊子的妻子所说的"如果学到一半就回来"，就是成语"半途而废"的出处。它的意思是做事中途停止，不能坚持到底。这则成语被记录在《礼记·中庸》中。

杯弓蛇影

有一年夏天,县令应郴邀请负责办理文书的官员杜宣来家里喝酒。酒席摆在厅堂里,厅堂的北墙上挂着一张红色的弓。在光线的照射下,酒杯中映出了弓的影子。杜宣看了,以为有一条蛇在酒杯中蠕动,吓得直冒冷汗,但是在上司面前,他又不敢不喝,只得硬着头皮将酒喝下去。当仆人为他倒第二杯酒时,他就推托还有事而告辞了。

回到家中,杜宣总怀疑自己刚才喝的酒中有蛇,越想越不舒服,后来竟然还觉得肚子疼痛难忍,就这样一病不起。过了几天,应郴来看他,他便把那天喝酒时杯中有蛇的事告诉了应郴。应郴回家后,想了半天,怎么也弄不明白杜宣杯

中为什么会有蛇。

突然，挂在北墙上的那张弓提醒了他。他立即端来一杯酒，坐在杜宣那天坐的位置上，结果，酒杯中果真有弓的影子，如果不仔细看，还真像有一条蛇在杯里蠕动。

应郴马上派人接来杜宣，叫他坐在原位上，仔细观看杯中的影子，说："你看到的并不是蛇，而是墙上那张弓的影子罢了。"杜宣这才恍然大悟，顿时消除了疑虑，病也很快就好了。以上故事记载于东汉应劭编写的《风俗通义》这本书中。后来，人们根据这个故事总结出成语"杯弓蛇影"，用它来比喻因幻觉而疑神疑鬼、自己吓唬自己的行为。

不为五斗米折腰

陶潜，又叫陶渊明，是东晋时期著名的田园诗人，创作了许多以田园自然风光和农村生活为背景的诗歌。他为人性情高雅，淡泊名利，不贪慕荣华富贵，因而生活十分清苦。

有一年秋天，他做了彭泽县的县令。这年冬天，郡太守派督邮到彭泽县督察民情。这位督邮是一个粗俗傲慢的人，一到彭泽县便让县令前去拜见他，想借此显示一下自己的威风。

但陶渊明向来不畏权势，品性清高，绝对不是那种趋炎附势、奴颜婢膝的小人。他很看不起这种假借上司名义发号施令、作威作福的小人，但又不得不去见一见，于是他立刻便出发了。

陶潜像

没想到县中的小吏却一把拦住他说："大人，拜见督邮必须穿官服，并扎上腰带，不然的话，督邮就会趁机大作文章，恐怕会不利于您。"陶渊明一听十分气愤，无奈地感叹道："我不能为了五斗米的俸禄就向这种小人弯腰！"说罢，便索性拿出官印，写了一封辞职信，离开彭泽县回家了。

　　陶渊明所说的"我不能为了五斗米的俸禄就向这种小人弯腰"就是"不为五斗米折腰"的出处。这则故事被记录于《晋书·陶潜传》中。它常被用于比喻那些品性清高、有骨气的人。

桃花源图轴

草船借箭

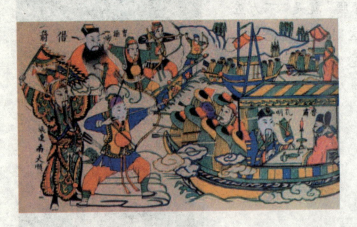

草船借箭戏画

三国时期，曹操率兵攻打东吴，孙权、刘备联合起来抵抗曹操。孙权的大将周瑜虽然智勇双全，但心胸却十分狭窄。他非常嫉妒诸葛亮的才干，便给他出难题，要他在十天之内造出十万支箭。可诸葛亮说只需三天，完不成任务甘愿受罚。

鲁肃奉周瑜的命令到诸葛亮那里探听情况。诸葛亮跟他借了二十只船，每只船要三十个士兵，还得用布幔将船遮起来，并在船两侧放上一千多个草靶子。

鲁肃一一照办，可连着两天也不见诸葛亮有何动静。第三天，诸葛亮要鲁肃同他去取箭。

他叫人把船用绳索连起来向对岸开去，接近曹军大营时，船一字儿排开，士兵擂鼓呐喊。曹操在漫

诸葛亮故居古隆中牌坊

天大雾中也看不清敌人的情况，就派六千名弓箭手朝江中放箭，箭雨点般地射在了草靶子上。过了一会儿，诸葛亮又下令掉过船头，让另一面受箭。雾散了，诸葛亮成功地向曹操"借"到了十万支箭，并返回了大营。周瑜知道了诸葛亮用草船向曹操借箭的经过，感慨不已地说："诸葛亮神机妙算，我不如他。"

　　在《三国演义》中，诸葛亮运用智谋，成功地借到十万支箭的事被概括为成语"草船借箭"。

草船借箭粉彩瓷盘

草木皆兵

谢玄像

公元383年，前秦皇帝苻坚统一北方后，又率领九十万大军南下攻打东晋。东晋皇帝任命谢石为大将，谢玄为先锋，统领八万精兵迎战。苻坚率八千名骑兵到达寿阳(今安徽寿县)后，听信前锋苻融的判断，自以为胜券在握，便派朱序去劝降谢石。谢石采纳朱序的建议，在洛涧(今安徽淮南东洛河)大败前秦军队。苻坚得知洛涧兵败，大惊失色，立刻和苻融登上城头，亲自观察淝水对岸晋军的动静。

当时正是冬天，淝水上空灰蒙蒙一片。可仔细一看，只见桅杆林立，战船密布，晋兵持刀执戟，阵容极为整齐。再向北面八公山上望去，随着西北风呼啸而过，只见山上的草木晃来晃去，就像是无数士兵在走动。

苻坚吓得面如土色，惊恐地对苻融说：“你还说晋军的实力很弱，他们其实是劲敌啊！”后来，苻坚果真中了谢玄的圈套，下令将军队稍向后退，让晋兵渡过淝水决战。结果，秦兵在后退时自相践踏，溃不成军，大败而回。这一战便是著名的淝水之战，是中国历史上以少胜多、以弱胜强的著名战役。

以上故事中，苻坚极度疑惧，惊恐万分，而把八公山上的草木看成是无数的士兵，这就是成语“草木皆兵”的来历。这则故事被记录在《晋书·苻坚载记》中。它形容的是人在极度疑惧时的那种惊恐万分、稍有动静就十分紧张的心理状态。

乘风破浪

宗悫

南北朝时，有个叫宗悫的年轻人从小就跟着长辈练拳习武，因此习得了一身的好武艺。

他哥哥结婚的那天，家里高朋满座，热闹万分。谁料十几个盗贼冒充客人，乘机混了进来。正当人们在前厅高高兴兴地喝酒时，这伙盗贼却已潜入库房进行抢劫。有个仆人去库房拿东西，发现了他们，惊叫着跑进客厅。

在场的人都吓呆了。只见宗悫站了起来，拔出佩剑，向库房直奔而去。盗贼见到他，便挥舞着刀枪吓唬他，不让他接近。宗悫根本就不害怕，举剑直刺盗贼。在家人的呐喊助威下，他将盗贼打得落荒而逃。客人们纷纷赞扬宗悫机智勇敢，年少有为，问他长大后想干什么。他昂起头，大声说：“愿乘长风破万里浪，干一番伟大的事业。”

几年以后，宗悫被任命为振武将军，助交州刺史檀和之讨伐林邑王范阳迈。一次，宗悫奉命阻击林邑王派来增援其守将范扶龙的军队。宗悫在援兵的必经之路上埋下重兵，等援兵一到，立即出击，将其打得落花流水。

就这样，宗悫为国家打了不少胜仗，频频立下战功，后来被封为洮阳侯，终于实现了少年时的志向。

以上故事中宗悫说他长大后要“乘长风破万里浪，干一番伟大的事业。”这就是成语“乘风破浪”的出处，用来比喻不怕艰险，奋勇向前。这个故事被记录在《宋史·宗悫传》中。

出尔反尔

孟子像

战国的时候，有一年，邹国在与鲁国的交战中吃了败仗，死伤了许多将士。邹穆公很生气，对孟子说："这次战争，我手下的官员有三十二个被杀死，可没有一个老百姓为他们拼命。他们眼睁睁地看着长官被杀，却不去营救他们，真是可恶。要是杀了他们吧，他们人太多，杀不完；不杀吧，又难解我心头之恨，怎么办呢？"

孟子回答道："有一年闹灾荒，许多老百姓饿死在山沟荒野之中，有一千多个壮年人外出逃荒。而那时大王的粮仓还是满满的，国库也很充足，可那些管钱粮的官员却不向您汇报这严重的灾情。他们高高在上，不顾百姓的疾苦，还残害百姓。"回顾了这令人痛心的往事后，孟子又说："孔子的弟子曾子曾经这样说过：要警惕啊！你怎样对待别人，别人也将怎样对待你。现在百姓有了报复的机会，当然就会用同样的手段对待那些官员了。"最后，孟子还告诫邹穆公说："请大王不要去

玉扳指

责怪他们，也不要惩罚他们。如果施行仁政，您的黎民百姓自然就会拥护他们的长官，并不惜为他们献出自己的生命。"

孟子故宅

这个故事中曾子所说的"怎样对待别人，别人也将怎样对待你"就是成语"出尔反尔"的出处。它被记录在《孟子》这部书中，现在一般被用来比喻一个人言行不一，反复无常。

武士俑

唇亡齿寒

论战图

春秋时期，晋国的邻国是虞、虢两个小国。晋国想对虢国发动进攻，但是必须经过虞国。晋献公便给虞国的国君虞公送去美玉和名马，请求借道让晋军攻打虢国。

宫之奇对虞公说："虢国是虞国的依靠啊！虢国和虞国就好像是嘴唇与牙齿一样，嘴唇没有了，牙齿就会感到寒冷。一旦晋国灭掉虢国，虞国一定会跟着灭亡的。您应该明白这个道理。请您千万不要借道让晋军讨伐虢国。"然而，虞公根本不听宫之奇的劝告，仍然答应借道给晋国。宫之奇见不能说服虞公，就带着全家老小，匆匆逃到了曹国。终于，在虞公的"帮助"下，晋献公毫不费力地就将虢国灭掉了。大获全胜的晋军凯旋归来后，以整顿兵马为借口，在虞国驻扎了下来。接着，晋献公又趁虞人没有防备之机，发动了突然袭击。虞国就这样被轻而易举地灭掉了。

虞公目光短浅，不听宫之奇的劝告，只

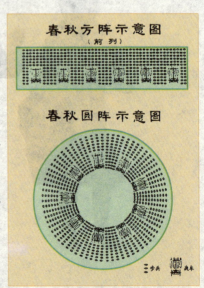

春秋方阵示意图
（前列）

春秋圆阵示意图

三步兵 ⬜戎车

注重眼前的利益，根本就不曾意识到虢国的存亡与虞国有多么密切的关系，因此终于成为晋国的俘虏。

　　以上故事中宫之奇所说的"虢国和虞国就好像是嘴唇与牙齿一样，嘴唇没有了，牙齿就会感到寒冷"就是成语"唇亡齿寒"的出处。它的意思是双方的关系十分密切，一方受到打击，另一方必然不得安宁。这则故事被记录在《左传·僖公五年》中。

大义灭亲

春秋时期，卫桓公有个同父异母的弟弟名叫州吁。他们的父亲卫庄公在位时，非常溺爱州吁，使他养成了蛮横无理的脾气。庄公去世后，桓公即位。州吁时时准备谋反，篡夺王位，为此他结识了大夫石碏的儿子石厚。石厚这个人心术不正，专门给州吁出坏主意。后来，州吁终于等到机会把卫桓公杀了。之后，他便自立为国君，封石厚为上大夫。两人从此更加为所欲为，残害百姓。卫国的人上至诸侯，下至百姓，都说他俩是谋杀国君、虐待百姓的乱党。

面对如此严重的"众叛亲离"的状况，石厚便让州吁向自己的父亲石碏请教治国的方法。石碏告诉他们，只要能得到周天子的信任，就不会有人反对他俩了，而

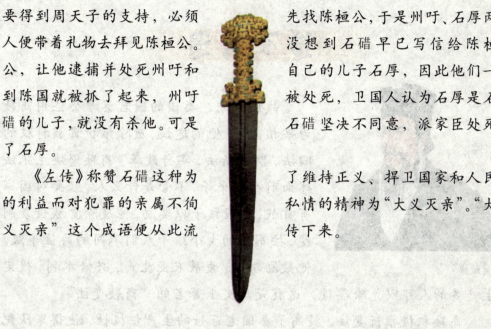

要得到周天子的支持，必须
人便带着礼物去拜见陈桓公。
公，让他逮捕并处死州吁和
到陈国就被抓了起来，州吁
碏的儿子，就没有杀他。可是
了石厚。

　　《左传》称赞石碏这种为
的利益而对犯罪的亲属不徇
义灭亲”这个成语便从此流

先找陈桓公，于是州吁、石厚两
没想到石碏早已写信给陈桓
自己的儿子石厚，因此他们一
被处死，卫国人认为石厚是石
石碏坚决不同意，派家臣处死

了维持正义、捍卫国家和人民
私情的精神为"大义灭亲"。"大
传下来。

金柄铁剑

道不拾遗

商鞅像

战国时期，秦国的国君秦孝公任用商鞅为宰相，听从他的建议，废除维护贵族特权的旧法，制定新法，实行改革。商鞅坚决主张法律面前人人平等，不管是什么人，只要对国家有贡献，就应该予以奖励。他废除贵族世袭制度，按军功的大小给予人们不同的爵位等级。他鼓励耕织、发展农业生产、兴修水利，规定生产多的人可以免除徭役。这就是历史上著名的"商鞅变法"。

商鞅积极推行变法，提高了秦国老百姓的生产积极性，使得军队纪律严明，士兵们都愿意去打仗。没过几年，秦国老百姓的生活便逐渐富

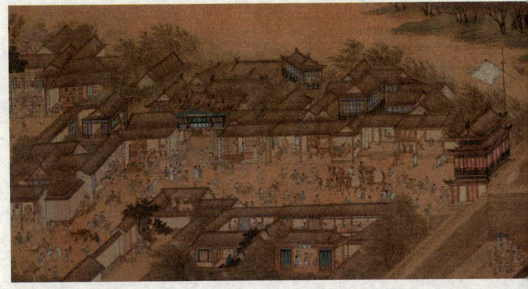

封建治世中的繁华景象

裕起来，社会秩序安定，民风也变得淳朴起来，人们晚上睡觉都不用关门窗，在路上丢了东西也不用担心被别人捡走，因为老百姓们都不擅自拾捡别人遗落的东西。秦国一天天强大起来，别的诸侯国都害怕它。

这则故事中所描绘的"在路上丢了东西也不用担心被别人捡走，因为老百姓们都不擅自拾捡别人遗落的东西"就是成语"道不拾遗"的出处。它的意思是人民生活富裕，社会风气淳朴。这个故事被记录在《战国策·秦策一》中。

安居乐业图

倒行逆施

伍子胥像

春秋末年，楚国有一个叫伍子胥的人，他的父亲和哥哥都被楚平王平白无故地害死了，并且自己也遭到了残酷的迫害。走投无路之下，伍子胥只好逃到吴国。在吴国，他帮助吴王阖闾夺取了王位，实行改革，使吴国日益强大起来。在此基础上，他又帮助吴王讨伐楚国，攻下了楚国的首都。进入楚都后，伍子胥请求吴王让他去挖楚平王的坟墓，以报父兄之仇，得到了吴王的同意。

在一个石工的指引下，伍子胥找到了楚平王的坟墓，挖出了他的尸体。伍子胥一见楚平王的尸体，不由得怒火中烧，抄起鞭子，一口气抽了三百下，还不解恨，又把楚平王的脑袋砍下来，这才解了心头之恨。伍子胥的好友申包胥知道这件事后，认为他这样做太残忍了。伍子胥回答说："忠和孝不能两全。我好比是一个远行的人，天快黑了，可路还很远，我没有办法，所以才故意做出这些违背天理、违反常规的事来！"

以上故事中伍子胥说自己是因为没有办法，

山羊形头饰

"所以才故意做出这些违背天理、违反常规的事来"就是成语"倒行逆施"的出处。这则故事被记录在《史记·伍子胥列传》中。现在一般用它来比喻坚持错误的方向，干违背历史潮流的错事、坏事。

得过且过

相传在山西五台山上，有一种名叫寒号虫的小鸟。古书上又把它称为独春、盍旦、曷旦。它的形状像小鸡，有四只脚，两只肉翅膀，因此不能飞得很远。它的粪便像豆子一样大，潮湿时散发出一股臊臭味，干结以后却非常黑，而且有光泽。它的粪便是一种药材，其作用为止血行血，医学上称之为"五灵脂"。

寒号虫的外貌会随着季节的变换发生明显的变化。夏天，它全身长满了五彩的羽毛，看去非常华丽漂亮，灿烂夺目。这时寒号虫就会从林子里飞出来，在阳光下展示自己美丽的翅膀，得意地鸣叫："凤凰不如我！凤凰不如我！"

可是到了寒风凛冽的冬天，它身上所有的羽毛都会掉光，看去非常丑陋难看。此时它再也不敢飞出树林，只能躲在树丛深处，有气无力地哀鸣着："得过且过！得过且过！"意思就是苟且度日，只要能过得去就暂且过下去。

　　元代的文学家陶宗仪把这个故事记录在他的著作《南村辍耕录》中，人们借用寒号虫的哀叫声的谐音总结出成语"得过且过"，它的意思是胸无大志，苟且度日，过一天算一天。

东山再起

谢安像

东晋时，陈郡阳夏的谢安是当时非常有声望的人，他因不愿当官受束缚，便借口有病，隐居在会稽的东山。

扬州刺史庾冰听说谢安很有才学，几次请他出来做官，都被他拒绝了。不久，吏部尚书范汪等人也向朝廷举荐谢安。朝廷屡次召他做官，都被他婉言拒绝了。

谢安四十多岁时，家族不少做官的人里有的去世，有的被朝廷贬为平民，谢安对自己家族的命运感到非常不安。恰好此时大司马桓温请他到自己的官府当幕僚，这一回，谢安欣然答应。当时的丞相高崧听说此事后，半开玩笑半认真地对谢安说："先生几次违背朝廷的旨意，高卧东山不出来。许多人多次劝您出来做官，您也总是拒绝。您如何向老百姓交待？老百姓又会怎样看待您呀？"谢安听后很惭愧，无话可说。

谢安出山后，凭着卓越的政治和军事才能，不断获得提升。晋孝武帝时，他被任命为宰

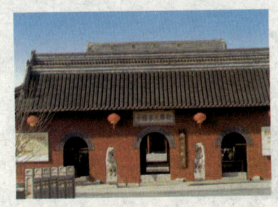

扬州天宁寺，相传为谢安的别墅

相。

后来，前秦国王苻坚领兵南下，攻打晋国，谢安被任命为征讨大都督抵抗前秦军队。他带着自己的侄子谢玄、谢石在淝水这个地方大破秦军。这就是历史上著名的以少胜多的战例——淝水之战。这则故事被记录在《晋书·谢安传》中。故事中谢安一开始是隐居在东山不出来，后来又出来做官，并且取得了很高的成就，这就是成语"东山再起"的来历。

东山携妓图

东施效颦

玉头饰

越国有位姓施的美女，因为家住若耶溪的西岸，所以被称为西施。若耶溪的东岸也有一位姓施的姑娘，但长得很丑，人们称她为东施。东施因自己长得丑，所以特别爱模仿漂亮姑娘的服装打扮、姿态动作。美女西施自然是她时时刻刻模仿的对象。

一天，西施因为心口疼，走路的时候便双手捂住胸口，皱着眉头。路上的行人看见她的这副样子，都很同情她，并且认为她的这种姿态仍然很美。西施的样子正巧被东施看见了，她一边看，一边默默记下西施难受时的姿态和动作。回到家后，她就模仿起西施的姿态，用双手捂住胸部，同时皱着眉头。路上的人看见东施的这副模样，还以为来了什么妖怪，都跑回家躲起来了。东施只知道西施皱着眉头很美，却不知道为什么皱着眉头会美。西施本来长得就美，即使她捂住胸口皱着眉，人们也觉得她是美的；东施本来长得就丑，再加上又捂胸又皱眉，就显得更丑，所以人们都被她吓

西施像

跑了。

这是《庄子·天运》中的一个小故事。后来，人们就把像东施那样不顾自己的客观条件，只知盲目模仿别人，结果却适得其反的行为称为"东施效颦"。

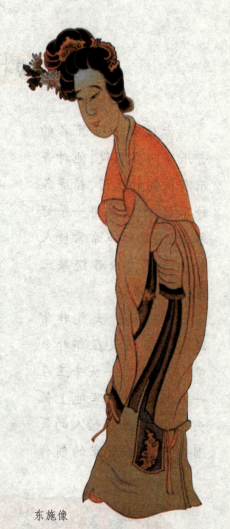

东施像

对牛弹琴

古代有一位著名的音乐家叫公明仪，他对音乐有很高的造诣，精通各种乐器，尤其弹得一手好琴，优美的琴声常常使人如临其境，余音绕梁三日，不绝于耳。

有一天，天气非常晴朗，公明仪在郊外散步，忽然看见一头牛正在一片绿油油的草地上低头吃草。这清静怡人的氛围激发了音乐家的创作

灵感，他决定要为这头正在吃草的牛弹奏一曲。他首先弹奏了一曲高深的"清角之操"，尽管他弹得非常认真、动情，琴声也非常富有感染力，可是那头牛却依然埋头吃草，根本没有理会这悠扬美妙的琴声和正在弹琴的大音乐家公明仪。

公明仪看到牛对此置若罔闻，非常生气，认为牛太不懂事了，但是当他经过静静地观察思考之后，才明白，并不是那头牛没有听见他的琴声，而是因为牛的欣赏水平有限，实在听不懂曲调高雅的"清角之操"。

明白了这一点，公明仪重新弹了一曲非常通俗的乐曲。那头牛听到好像是蚊子、牛蝇、小牛叫声的琴声后，停止了吃草，竖起耳朵，似乎在很认真地听着。公明仪看到这种情况非常高兴。

这是南朝的祐僧祐所写的《弘明集》中的一则故事。后来，人们就根据这个故事总结出"对牛弹琴"这则成语。它的意思是说话不看对象，对不懂道理的人讲道理。

多多益善

刘邦像

韩信投靠刘邦后，率领汉军南征北战，立下无数功劳，帮助刘邦夺取了天下。刘邦做了皇帝后，解除了韩信的兵权，后来又害怕韩信谋反，便把他贬为淮阴侯。

韩信对此极为不满，但也无可奈何。他看到自己过去的部将周勃、灌婴、樊哙等人的官职和自己一样，觉得非常羞耻，因此便经常称病不上朝。

刘邦知道韩信的心思后，便召韩信到后宫聊天，让他评论一下朝中各位将领的才能。韩信根本没把朝中诸将放在眼里，因此对他们的评价都很低。刘邦听了便笑着问他："依你看来，我能带领多少人马？"韩信回答道："陛下能带十万。"刘邦又问："那你又能带领多少呢？"韩信说："对我来说，当然是越多越好！"

刘邦听后，心中很不高兴，认为韩信被贬为淮阴侯后还是那么狂妄自大，就说："你带兵越多越好，又怎么会被我抓住呢？"

韩信像

韩信意识到自己说错了话，忙掩饰说："陛下的带兵能力虽然不够，但有驾驭将领的才能啊！"韩信因为自己的狂妄自大，最终被吕后设计杀死了。以上故事中韩信所说的"对于我来说，当然是越多越好"就是成语"多多益善"的出处。这个故事被记录在《史记·淮阴侯列传》中。

负荆请罪

战国时期，赵惠文王因蔺相如同秦国交涉有功，封他为上卿，官位在大将廉颇之上。廉颇因此很不高兴，认为自己功劳卓著，凭什么比蔺相如的官小，并扬言要当面侮辱蔺相如。

蔺相如知道后，便处处小心，躲避廉颇，有时还称病不去上朝，以避免和廉颇发生冲突。有一次，蔺相如外出，见廉颇的车子从对面过来，便叫手下人给廉颇让路。手下人对此非常气愤。蔺相如解释说："秦国之所以不敢轻易对赵国出兵，是因为赵国有我和廉将军两人。如果我们不能和睦相处，秦国一定会侵略赵国。"手下人听了

廉颇像

这番话极为感动，于是也主动对廉颇手下的人处处谦让。

此事传到廉颇的耳中，廉颇为蔺相如的深明大义而感动，觉得很惭

愧，于是脱掉上衣，在背上绑上一根荆杖，到蔺相如家道歉认错。

蔺相如见廉颇如此真诚，便和他结拜成兄弟，两人从此成为生死之交。

这是《史记·廉颇蔺相如列传》中的一段小故事。故事中的廉颇赤裸着上身，背上绑着荆条到蔺相如家请罪，就是成语"负荆请罪"的来源。它后来多用于表示向人认错赔礼，自请严厉责罚。

高山流水

伯牙鼓琴图

春秋时期，楚国有一个叫伯牙的人，他从小就喜爱音乐。年轻时，他曾跟随当时很有声望的琴师成连学习弹琴。

一次，伯牙想弹奏一首表现海上狂风暴雨的曲子，他苦思冥想，总是找不到合适的旋律，于是向老师成连请教。成连就带他到海边，让他亲自去体会。

一天，天空电闪雷鸣，海涛阵阵，这情景触发了伯牙的创作灵感，使他创作出了表现海上狂风暴雨的乐曲。

此后，伯牙潜心作曲，创作出了许多优美的乐曲，其中《高山流水》是他最满意的作品，但可惜没有人能听懂这支曲子。

高山流水

后来，伯牙遇到了钟子期。一次，伯牙向他弹起这首曲子，当他用心表现高山时，钟子期说："真妙啊！气势磅礴。就像泰山！"当伯牙用心表现流水时，钟子期马上从他的音乐中听出是流水。伯牙激动地说："你真是我的知音啊！"

钟子期死后，伯牙就把琴弦拨断了，他说："钟子期是我的知音，现在他死了，再弹琴还有什么意义！"从此，伯牙就不再弹琴了。这就是"高山流水"的来由，它出自《列子·汤问》，形容琴弹得出神入化，精妙无比；也比喻知己或知音。

伯牙咏琴

孤注一掷

寇准像

北宋真宗时，有一个名叫寇准的宰相，他非常精明能干，当时北方的辽国发兵侵犯中原，很快就打到了河北澶州（今河南濮阳县西）一带。

宋真宗得到报告后，马上召集文武官员商议对策。宰相寇准建议说："陛下，敌兵声势浩大，只有陛下亲自前往澶州督战，才能鼓舞全军将士的士气，打败辽兵！"宋真宗觉得有道理，就亲自督战三军，果然一举击败辽军。宋真宗从此更加信任寇准了。

不料，奸臣王钦若嫉妒寇准，一心要挑拨宋真宗和寇准的关系。

有一次，王钦若陪宋真宗赌钱，故意不停地输钱，最后一次，他把所有的钱都押上了。真宗很奇怪，问他为什么这样做。他说："上次我们和辽兵的澶州一战，那时寇准便是拿你的性命当赌注呀！

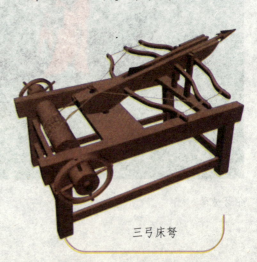

三弓床弩

要是当时我们失败了，你的生命也就危险了。"真宗听后，立刻降了寇准的职，贬他到陕州做知府。

这是《宋史·寇准传》中的一段故事，王钦若为了诬陷寇准，将寇准请真宗御驾亲征的事比喻为赌徒拿出所有的钱做赌注，后来人们就根据这个比喻总结出"孤注一掷"这个成语，用它来指在危急的时候投入全部的力量。

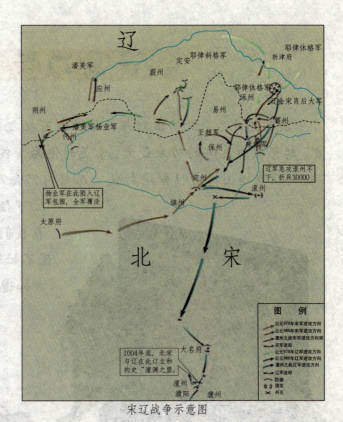

宋辽战争示意图

汗马功劳

汉朝建立后，汉高祖刘邦开始分封有功之臣，许多将领争着邀功请赏。刘邦认为萧何的功劳最大，于是封他为赞侯。其他的人纷纷议论说："我们在战场上拼着性命地打仗，而萧何只会写文章、发发议论，没有立下任何大的功劳，而封赏反在我们之上，为什么？"刘邦不慌不忙地反问道："你们应该都知道打猎吧？"文武大臣齐声答道："知道。"刘邦继续说："在打猎时，追杀野兽的是狗，而命令狗去追杀的却是人。你们不过是有功的猎狗，而萧何才是真正有功的人。更何况，萧何叫全家族的九十名男子都跟着我一同

汉殿论功图

外出打仗，而你们大多数都是单身跟随我，同族中有两三人就算难得的了。所以，他的大功劳是怎么也抹煞不了的！"

萧何像

大家听后，谁也不说话，一个个心悦诚服地接受了分封。

《史记·萧相国世家》将萧何在战争中所立下的巨大功劳概括为"汗马功劳"，这个成语便从此流传下来。

彩绘骑马俑

鸿鹄之志

陈胜像

秦朝末年，统治者残暴无道，对百姓百般搜刮和欺压。农民既要缴纳大量的赋税，还要承担繁重的徭役，替秦王建造宫殿坟墓，修筑长城，而且秦朝的法律很严酷，一个罪犯被处死，他的亲朋好友也要一块儿被处死。百姓生活在水深火热之中。

当时，有一位名叫陈胜的出身贫贱的雇农，他看到秦朝的苛政让百姓吃了不少苦头，便决心扭转这种局面。一天，陈胜和雇工们一起在地

阿房宫图卷

里种地。吃饭的时候，雇工们谈起了眼下所过的苦日子，对统治者非常愤恨，但又毫无办法。陈胜听了，对大家说："假如我们当中今后谁能够享受荣华富贵，谁都不要忘记别人！"

雇工们笑着说："我们都是被人雇用的农民，哪里能有什么富贵呢？"陈胜又说："燕子和麻雀又怎么知道鸿鹄的志向呢？"意思是说：目光短浅的人怎么知道志向远大之人的志向呢？后来，陈胜在大泽乡领导农民起义，成为中国历史上第一次农民大起义的领袖。

　　以上故事中，陈胜所说的"燕子和麻雀又怎么知道鸿鹄的志向呢"就是成语"鸿鹄之志"的出处。它的意思是指心怀远大志向和抱负的人。这个故事被记录在《史记·陈胜世家》中。

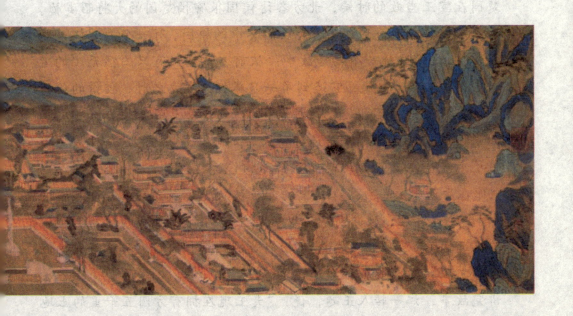

狐假虎威

　　楚国在宣王当政的时候，北方各诸侯国很害怕楚国的大将昭奚恤。宣王感到不理解，有一天他就问大臣们其中的原因。有一个名叫江一的大臣，给宣王讲了这样一个寓言故事：从前，森林里有只凶猛无比的老虎，专吃各种动物。一次，它逮到了一只狐狸。危急之时，狡猾的狐狸心生一计，露出一副不可侵犯的神态，说："我是天帝派来当百兽之王的，如果你敢吃掉我，那就是违背了天帝的命令！"说完，狐狸故意傲慢地瞧了老虎一眼。它看到老虎有些不相信，就说："这样吧，我在前面走，你在后面跟着，看这森林中的各种动物见了我之后，有谁敢不逃跑？"老虎觉得有理，便跟着它走。一路上，森林中所有的动物看到它们都跑得远远的。老虎并不知道动物们是因为害怕自己，而不是害怕假托"百兽之王"名义的狐狸才逃跑的。

　　讲完故事，江一转入正题，说："大王现在拥有方圆五千里的土地

彩绘虎形枕

和百万军队，它们都由昭将军管辖，所以北方的诸侯国都怕他，他们其实怕的是您交给他的军队，这和森林中的野兽害怕老虎是一样的。"宣王这才恍然大悟。

这个故事记载在《战国策·楚策一》中。后来人们根据这个故事，将狐狸假借老虎的威风的行为概括为成语"狐假虎威"，用它来比喻那些借别人的权势吓人的势利小人。

画龙点睛

张僧繇是南北朝时期的著名画家。据说他画龙达到了出神入化的地步。有一次，张僧繇在金陵安乐寺的墙上画了四条白龙，但令人不解的是，这四条白龙都没有眼睛。人们就问他："先生为什么不给龙画上眼睛呢？"张僧繇回答说："点上眼睛很容易，但一点上，恐怕龙就会穿透墙壁，腾空而去。"人们都不相信他的话，就要他点上眼睛，看看龙到底会不会飞走。在众人的执意要求下，张僧繇只得提起笔来给龙画眼睛。

他刚点了两条龙的眼睛，忽然雷雨大作，只听得"轰"的一声巨响，墙壁开了一条大缝。人们仔细一看，原来墙上的那两条画了眼睛的白龙已经腾云驾雾，飞到天上去了，而那两条没有点眼的白龙，仍然留在了墙壁上。人们这才不得不相信张僧繇的话。

唐代的张彦远在《历代名画记》

画龙点睛图

中记载了这个故事，以此来称赞张僧繇画技的高超。后来人们便根据这则故事总结出成语"画龙点睛"。

这个成语一直流传到现在，被用来比喻说话、写文章时，在关键处用神来之笔点明要旨，使内容更加生动传神。

画蛇添足

　　相传在战国时，楚国有一个贵族在祭祀了祖先之后，将祭祀用的一壶酒赏赐给几个为他办事的人喝。那几个人看了看酒，都觉得酒太少了，不够分，于是有人提议说："如果我们每个人都分喝这壶酒的话，大概一人只能喝一口，还不如让一个人喝个够。我有一个好办法，那就是我们几个人在地上比赛画蛇，谁最先画好，这壶酒就归谁，你们觉得怎么样？"

　　大家认为这个建议很好，于是几个人便蹲在地上画起蛇来。其中有一个人很快就画好了蛇，当他正要拿起酒壶来喝酒的时候，其他的人还在手忙脚乱地画着，于是，他便自作聪明地用左手端着酒壶，右手在地上为蛇画起了脚。这时，另一个人已经画好了蛇，他毫不客气地夺过酒壶，说："蛇本来没有脚，你为什么要给它添上脚呢？"说完，他端起酒壶，大口大口地喝了起来。而原来那个为蛇添脚的人，已经后悔不已，只得在一旁吞口水了。

　　这是《战国策·齐策二》记载的一件事。后人将这个故事归纳为成语"画蛇添足"，用它来比喻多此一举，反而弄巧成拙。

黄梁一梦

很久很久以前有一位姓卢的穷书生，有一天，他在邯郸的一家旅馆里遇到了一个叫吕翁的道士，卢生向这位道士感叹自己一生是如何地穷困潦倒。吕翁听后对他的遭遇非常同情，便从袖子里拿出一个枕头说："你把它枕在头下，便可以一切如愿了。"这时，店里正在煮黄梁饭，即小米饭，而卢生由于一路旅途艰辛，非常疲惫，便糊里糊涂地倒在吕翁给他的枕头上睡着了。

没多久，卢生便进入了梦乡，他梦见自己娶了一位年轻漂亮、善良温柔的崔姓女子为妻。崔氏虽然是个富家千金，但她贤淑能干，还帮助卢生顺利地做上了官，并为他生了几个孩子。

后来，他的孩子们一个个长大了，每个人都生活得舒适优裕，而卢生也步步高升，一直做到宰相的位置。又过了几年，他又有了孙子外孙，便闲居在家里当起了老太爷。他舒舒服服地

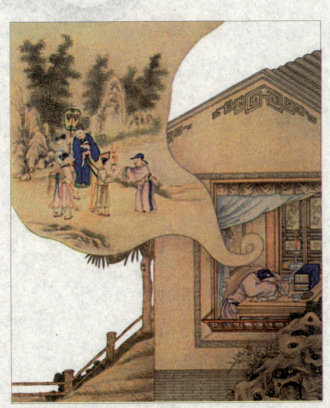

活到了八十多岁，才安然死去。

当卢生从梦中醒来的时候，嘴边还挂着一丝幸福的笑容。但等他睁开双眼一看，发现自己仍然住在旅店的小房间中，刚才的荣华富贵只不过是一场梦而已。店主人煮的黄粱饭还没有煮熟呢。

以上这个故事出自唐朝沈既济所写的《枕中记》这部书中。故事中卢生在梦中所经历的都是些虚幻不实的事情，后来人们就根据这个故事总结出成语"黄粱一梦"，用它来比喻虚幻不实的事和欲望的破灭，就像做了一场梦一样。

讳疾忌医

扁鹊像

相传战国时期有一位非常著名的医生，名叫扁鹊。一天，扁鹊奉命去见蔡桓公，他在一旁站了一会儿，便对蔡桓公说："大王，您生病了，病在皮肤表面，您尽快医治吧。"蔡桓公说："不用治，我没有病！"过了十天，扁鹊又来拜见他，说："大王，您的病已经深入到肌肉里了，还不医治会加重的！"蔡桓公听了，很不高兴。又过了十几天，扁鹊见到蔡桓公，又说："大王，您的病已到肠胃，不治会有生命危险啊！"蔡桓公仍然没理他。又过了十几天，扁鹊又来拜见蔡桓公，但看见蔡桓公后，他转身就跑。蔡桓公很奇怪，便派人去追问扁鹊。扁鹊回答说："一个人生了病，病在皮肤时，可以用药敷或者汤药治好它；病在肌肉时，可以用针灸、石灸治好它；病在肠胃时，也还有办法可以医治好它。但是，病发展到骨髓，就无药可救了。现在，大王的病已经深入骨髓，我没有办法医治它了。"五天后，蔡桓公感到浑身疼痛难忍，便派人去找扁鹊，但扁鹊已经跑到秦国躲起来了。最后，蔡桓公因为隐瞒疾病、害怕医生的诊断治疗而丢了性命。

这个故事被记录在《周子通书·过》中。后人将蔡桓公"隐瞒疾病、害怕医生的诊断治疗而丢了性命"这件事概括为成语"讳疾忌医"。现在这则成语通常用来比喻怕人批评而掩饰自己的缺点和错误。

针灸铜人像

鸡鸣狗盗

孟尝君像

战国时期，秦昭王把齐国贤相孟尝君请到秦国去做官。孟尝君带着许多门客一同来到秦国，并将一件天下独一无二的白狐裘献给了秦王。

没过多久，秦王便后悔了，他觉得孟尝君是齐国的贵族，不宜重用；又觉得他对秦国的情况了解得太多，不能放他回国，因此便将他软禁起来。

秦昭王的弟弟泾相君把这件事告诉了孟尝君，并建议他找秦王宠爱的妃子燕姬帮忙说好话。谁料，燕姬提出，只有送给她那件举世无双的白狐裘，她才会替他向秦王求情。

孟尝君急得不知该怎么办才好，便找门客们商量。其中，有一个坐在最后一个位置上的门客说："我偷偷溜进宫去，把早先献给秦王的那件白狐裘偷出来！"孟尝君问他："你怎么偷呢？"他回答道："我扮成一条狗去偷！"果然，此人不负众望，当夜就将白狐裘偷出来送给燕姬。燕姬很高兴，便在昭王的面前替孟尝君说好话。秦王在燕姬的劝说下放了孟尝君。

孟尝君怕秦王后悔，便连夜带着门客离开秦国的都城。他们来到函谷关时，天还没亮，鸡还没叫，所以不能开城门。此时，有一个门客发出公鸡打鸣的声音，引得鸡都叫了起来。城门于是大开，众人终于逃出秦国。秦王果然反悔，可已追不上孟尝君了。

　　以上是《史记·孟尝君列传》中的一则故事，孟尝君的门客一个扮成狗去偷白狐裘，一个学公鸡打鸣叫开城门，就是成语"鸡鸣狗盗"的来历。现在，我们用这个成语比喻微不足道的技能或具有这种技能的人。

孟尝君率领众人逃出秦国

兼听则明

唐太宗像

唐太宗时，有一位非常著名的政治家叫魏征，他以劝谏有方闻名天下。有一回，唐太宗问他："作为一个国家的君主，如何才能断事正确、明白而不糊涂呢？或者说，君主为什么会做错事呢？"

魏征稍加思索，回答道："您应该听一听各方面的意见，那样自然而然地就会得出正确的结论；如果您只听信一方面的意见，那就会因为出发点太过片面而把事情办错。"接着，魏征又列举了许多历史上的教训说明一个君主只听信一方面的言辞，那么就会造成非常严重的错误。

他以秦二世等人为例，说："秦二世偏信赵高而导致了秦朝的灭亡；梁武帝偏信朱异而自取台城之辱；隋炀帝偏信虞世基而导致了彭城阁之变。相反，如果多了解一些情况，多听取一些意见，就可以避免或防止这些祸害的发生。"

　　唐太宗听了魏征的话，觉得他说的非常有道理，不住地点头道："太好了！太好了！"

　　在这个故事中，魏征劝谏唐太宗要听取来自各方面的意见才能明辨是非，就是成语"兼听则明"的出处。这个故事被记录在《资治通鉴》中。

魏征像

三彩马

江郎才尽

　　江郎，指的是南朝文学家江淹，他字文通，是梁朝考城人。江淹小的时候，家境非常贫寒，甚至连买笔和纸的钱都没有。然而他读书非常用功，经过十年的寒窗苦读，终于得以出人头地，不仅官至光禄大夫，而且还成为一个鼎鼎有名的文学家。当时的人对他的诗和文章评价非常高。

　　可是，随着年龄的增大，江淹的文章不但没有以前写得好了，反而退步了很多。过去他写文章的时候，文思如潮，下笔如神，经常有一些绝妙的佳词佳句。而他现在写出来的文章却平淡无奇，并且每次提起笔来总要思考好半天，却连一个字都写不出来；偶尔有了灵感，写出一两句诗，却又文句枯涩，内容平淡，没有一点可取之处。

据说有一次江淹梦见自己乘船停在禅灵寺河边，一个自称张景阳的人向他讨还一匹绸缎，他就从怀中掏出几尺绸缎还给他。从此，他就再也写不出精彩的文章了。还有一种说法是，有一回江淹在凉亭中睡午觉，梦见一个自称郭璞的人向他索要一支笔，还说那支笔已借给他很久了。江淹就将一支五色笔还给了他，从此便文思枯竭，写不出好文章来了。

鸟鹿纹锦

以上故事中的主人公江淹一开始能写出很多优美的文章，后来不知为什么就写不出文章来了，江淹文思减退的尴尬痛苦为后人留下了一个成语——"江郎才尽"。这个故事被记录在《南史·江淹传》中。

脚踏实地

司马光像

司马光，字君实，陕州夏县（今属山西）人，是北宋著名的宰相，也是我国著名的历史学家。

司马光从小便勤奋好学，博览群书，尤其喜欢读史书。那时他便立下宏伟的志向，长大要成为一个历史学家。宋英宗时，司马光终于有了实现他儿时理想的机会，受命主编《资治通鉴》。他和刘恕、范祖禹等史学家一起，历经十九年的艰苦劳动，终于写成了中国历史上最大的一部编年史——《资治通鉴》。这部书上起战国，下至五代，叙述了一千三百六十二年间所发生的各种大事。全书共三百多万字，是一部内容翔实、很有科学价值的著作。

司马光在这部书的编写过程中，刻苦钻研，

《资治通鉴》书影

夜以继日，努力写作，常常工作到深夜。他怕睡得过多会耽误工作，还特意做了个圆木"警枕"，这样他便不能睡得安稳，就可以早点起来工作。据说，在洛阳存放的此书的废稿、残稿，甚至把两间屋子堆得满满的。

人们很欣赏司马光的治学态度。一次，司马光问当时有名的哲学家邵雍："您看我是个怎样的人？"邵雍称赞地说："我看你呀，是一个双脚踏稳在地面上，做学问踏踏实实的人。"

这是宋代的邵伯温所作《邵氏见闻录》中的一段。以上故事中邵雍称赞司马光"做学问踏踏实实"就是成语"脚踏实地"的出处。它的意思是指办事或做学问踏踏实实、不浮夸。

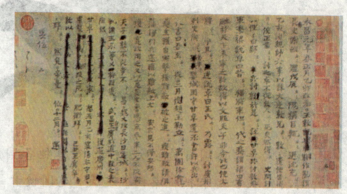

《资治通鉴》手迹

惊弓之鸟

　　战国末年，秦国日益强大起来，对其他各国虎视眈眈。有一次，其他六国决定联合起来抵抗秦国。这天，赵国使者魏加得知楚国的春申君准备让临武君担任主将时，非常不满，并以讲故事的形式这样解释道："从前魏国有个叫更嬴的神箭手，射起箭来百发百中。有一次，他指着正在天空中飞行的一只大雁，对魏王说：'我只用弓，不用箭，就可以把这只大雁射下来。'

　　"说完，便试给根本不相信的魏王看。事实证明，他并没有吹牛。魏王很吃惊，更嬴说：'这只大雁受过箭伤。你看它飞得很慢，并且叫声凄惨。它伤口痛，又离开

了雁群，惊魂未定，听到弦响，它就拼命想往高处飞，可一使劲把伤口弄裂了，所以就掉下来了。'"

魏加说到这里，话锋一转，说："临武君刚刚被秦军打败，看到秦军就害怕，就如同受过伤的鸟一样，怎能再担任主将呢？"一番话说得春申君连连点头称是。

以上故事中，更羸解释自己不用箭就能射下大雁时，说那只大雁曾受过箭伤，被箭吓怕了，所以一听到弓的声音就会惊慌、害怕，反而触动了伤口，掉了下来，就是成语"惊弓之鸟"的来历，它是《战国策·楚策四》中记载的一件事。这个成语被用来比喻受过惊吓或打击的人，遇到类似的情况，就会惊慌、害怕。

射雁图

鞠躬尽瘁

诸葛亮像

东汉末年，曹操的儿子曹丕废汉献帝，建立魏国，被称为魏文帝。不久，刘备在四川登基，孙权在江东登基。于是，出现了三国鼎立的局面。

蜀汉刘备去世后，他的儿子刘禅继位，他就是历史上有名的后主"刘阿斗"。他把国内的军政大事都交给丞相诸葛亮处理。诸葛亮向来主张联吴伐魏，并且一直都在积蓄力量，积极准备北伐。

过了一段时间，诸葛亮觉得时机到了，便决定出祁山讨伐魏国。出师前，他给刘禅写了一篇有名的《前出师表》，要后主听信忠言，任用贤臣，富国强兵。

可是北伐失败了，诸葛亮退兵回蜀。过了几年，诸葛

四川成都武侯祠

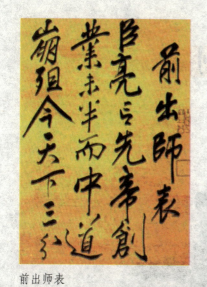

前出师表

亮决定再次北伐。当时，有一些大臣对诸葛亮北伐持反对态度，于是，诸葛亮又给后主上表，详细地分析了当时的敌我形势，说明蜀汉和魏国势不两立，你不去伐他，他就要来伐你的情况。后主刘禅看了，同意北伐。

这第二道表就是历史上有名的《后出师表》。

在这道表的最后，诸葛亮表示他忠心为国，要竭尽全力去报效国家，一直到死为止。

诸葛亮在表现自己的这种决心时，用了"鞠躬尽瘁"这个词，后来人们就把它作为一个成语使用，一直流传到今。

刻舟求剑

战国时期，有个楚国人坐船过江。船到江心时，这个楚国人一不小心把随身携带的一把宝剑弄到江水中去了，他伸手去抓，但已经来不及了。船上的人对此感到非常惋惜，都对他表示同情。

没想到这个楚国人对此毫不介意，他从行李中掏出一把小刀，在船舷上刻了一个记号。大家都不明白他要干什么，他就转过身对大家说："这是我的宝剑落水的地方，所以我要刻上一个记号。"

大家对他的所作所为都很不理解，不知道他这样做到底是干什么，但也没有人再问他。船靠岸后，这个楚国人立即从船上刻有记号的地方跳下水去，想捞取落到水中的宝剑。可是他在水底捞了半天也没捞到，他觉得非常奇怪，便自言自语地道："我的宝剑不就是从这里掉下去的吗?我还在这里做了记号呢!怎么就找不到了呢?"

　　船上的人这才恍然大悟,纷纷大笑起来,告诉他:"船一直在前进,你的宝剑沉入水底就不会再动了,你在这里怎么可能找到你的宝剑呢?真是可笑!"

　　故事中的这个楚国人不懂得船在前进,而剑不会动的道理,人们根据他的这种可笑的行为总结出成语"刻舟求剑",用以比喻拘泥固执、不知变通。这个故事被记录在《吕氏春秋·察今》中。

楚式剑

狼狈为奸

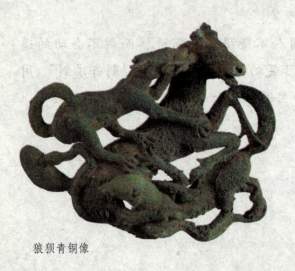

狼狈青铜像

狼和狈分别是两种野兽，它们长得十分相似，习性也非常相近。它们之间所不同的是：狼的两条前腿长，两条后腿短；而狈正好相反，两条前腿短，而两条后腿长。这两种野兽危害人类，经常一起出去偷吃人类饲养的家畜。

据说有一次，一只狼和一只狈经过一家农民的羊圈时，打起了羊的主意。可是，羊圈筑得很高，又很坚固，既跳不过去，也撞不开门。

怎么办呢？它们下意识地互相看了看对方的腿，灵机一动，想出了一个办法。那就是先由狈用两条长长的后腿站立着，把狼高高地扛起来，狼再用它的长长的前腿攀住羊圈，把羊叼走。

于是，那狈便蹲下身，让狼爬到它的身上，它再用前脚抓住羊圈的竹篱笆慢慢地把身子站直。

然后狼再将两只后脚站在狈的脖子上，前腿攀着竹篱一点点地站直，接着把两

只长长的前腿伸进竹篱，猛地抓住了一只在竹篱旁的羊。

在这次偷羊的过程中，如果狼和狈是单独行动的话，那它们就都不可能得手，但他们却会利用彼此的长处勾搭成奸，谁也离不开谁，这就是成语"狼狈为奸"的由来。这是《博物典汇》中的一个寓言故事。后人用这个成语比喻两个或几个人聚在一块儿，相互勾结做坏事。

舞人排乐俑

老马识途

管仲像

公元前663年，齐桓公接受燕国的请求，由相国管仲和大夫隰朋陪着，出兵攻打入侵燕国的山戎。当齐军赶到燕国时，山戎的军队已经掠走财物，逃到孤竹国去了。管仲建议跟踪追击，一举歼灭孤竹国，以保证北方的安全。齐桓公同意了，便率军紧追。不料追过去才发现，山戎国和孤竹国的大王听到齐桓公带兵来了，早都吓得逃跑了。齐国大军继续追击，最后终于取得胜利。

齐军是在春天的时候出征的，冬天的时候才得以凯旋而归。可是，齐国大军在回去的途中迷失了方向，怎么也找不着走出山谷的路。时间一点点地过去了，军队有限的粮食在逐渐地减少，长此下去，大军就会困死在山中。在这种危急的情况下，管仲苦思良久，终于想到一个办法：军队中的马尤其是老马，也许会有像狗一样认识路途的本领。征得齐恒公的同意

后，管仲立即挑出几匹老马，解开缰绳，让它们在大军的最前面自由行走。结果这些老马都毫不犹豫地朝同一个方向前进，大军就这样跟着它们走出了山谷，找到了回齐国的大路。

泰山齐长城遗址

以上故事中，管仲让老马去辨认走过的道路，并终于找到出路，这就是成语"老马识途"的来源。这是《韩非子·说林上》中的一个故事，后来人们多用这则成语来比喻熟悉情况、经验丰富的人能起引导作用。

利令智昏

战国时期，赵国的平原君赵胜十分贤能，为赵国的强盛做出了巨大的贡献。因为他的封地是平原县，所以他又被称为平原君。他曾经先后被赵惠文王和孝成王封为宰相，三次被罢免，又三次官复原职，因而在诸侯当中，他的名气很大，也很有威望。但是平原君有时也缺乏远见卓识，贪图眼前的蝇头小利，致使赵国遭受重大的损失。

公元前262年，秦国名将白起领兵攻打韩国。秦军占领了韩国的上党同内地之间的重要通道——野王。野王被占领后，上党处于孤立无援的危险境地。上党的郡守冯亭经过

赵胜像

反复权衡，认为："降秦不如降赵。赵国得到上党，秦国肯定会去攻打赵国；而赵国必然会同韩国联合起来，这样就可以抵挡住秦国的进攻了。"

于是冯亭派使者去见赵王，要把上党献给他。平原君一想，可以不费力气就得到这么一个好地方，这真是一件很划得来的事情，于是他劝赵王接受上党，赵王同意了。

秦国听说此事后，十分气愤，派大将白起领兵攻赵，将赵国的四十

万大军团团围困住，并最终打败了赵军。

　　这个故事中，平原君赵胜因为贪图眼前微小的利益，使得他头脑发昏，丧失了理智，从而使赵国遭受了惨重的损失。《史记·平原君虞卿列传》就批评他利令智昏，"利令智昏"这个成语便从此流传下来。

柳暗花明

陆游像

南宋时期，著名诗人陆游因得罪权贵被罢免官职。他途径隆兴回到故乡山阴，闲居了三年。陆游一心想为国家效力，却赋闲在家，没事可做，他因此心中抑郁难平，忧心忡忡，但又无可奈何，只能日复一日地呆在家中，以写诗读书消磨时光。

经过了差不多一年的时间，他的心境才渐渐开朗起来，并不时地去附近各处游历。

四月的一天，阳光明媚，春意盎然，陆游独自一人到二十里外的西山去游览。去西山的路上有好几座小山头。陆游拄着拐杖顺着河流旁边的山坡慢慢往上走，他翻过一个又一个山头，绕过了一道又一道小河流，最后来到了一个地方，在这里，道路似乎已经到了尽头，前面

四川崇州陆游祠

已无路可走了。正当他踌躇时，拐过一个弯，他却发现前面的山谷中有一块绿柳成荫、鲜花盛开的平地。平地的不远处，竟然是一座小村庄陆游高兴地走到村里，村民们对他十分友善，热情地招待了他。

　　这次出游给陆游留下了深刻的印象，回到家里后，他便提笔作了一首七言律诗——《游山西村》。在这首诗中，陆游将这次游历的经过概括为"山重水复疑无路，柳暗花明又一村"。后来，人们便将"柳暗花明"当作一个固定的成语使用，用它来比喻眼看事态已经没有发展的余地，忽然又绝路逢生，出现了转机。

山阁谈诗图

戮力同心

夏朝最后一位君主桀是一位暴君，他荒淫无道，凶狠残暴，使得百姓怨声载道。商是一个小诸侯国，位于夏朝的东面。商的国君汤是一位贤明的君主，他联络其他诸侯国，到处寻访贤士，积蓄力量，准备推翻夏桀的统治。

一天，有人报告商汤说，贤士伊尹正在莘国的郊外隐居。商汤听到这个消息后，立刻派使者带上重金厚礼去请伊尹前来。但商汤派使臣去了两次，伊尹都没有答应，于是商汤便亲自去请。他的一片诚意感动了

惠山茶会图卷

贴金铜人首

伊尹，伊尹最终决定辅佐商汤推翻夏桀的统治。

在伊尹的辅佐下，商的国力日益强盛，灭夏的时机已经成熟，于是商汤决定兴师灭夏。在大军出发之前，商汤在军中发布了誓师文告。文告写道："夏朝君主桀罪恶滔天，连上天都决意要消灭他。上天让贤士伊尹来辅佐我，要我同他齐心合力治理天下。你们要奋勇战斗。帮我完成上天交给我的使命。"

两军交战时，商军英勇善战，而夏军却士气全无，很快就被打得溃不成军，四散逃窜。商汤和伊尹君臣同心合力，终于推翻了夏桀的残暴统治。

以上故事中，商汤在文告中表示要和伊尹齐心合力治理天下时，用了"戮力同心"这个词。后来，人们就把"戮力同心"当作一个成语来使用。这是《墨子·尚贤》中的一个故事。

洛阳纸贵

西晋时期，左思是当时一位十分出色的文学家。他写文章十分严谨，注重质量而不追求数量，曾经花了整整一年的时间才写出《齐都赋》这篇文章。

他的妹妹被选入皇宫后，全家迁到京城洛阳居住，他也被任命为著书郎。从此，左思开始构思创作《三都赋》。"三都"是指魏、蜀、吴三国的都城。他整天冥思苦想，考虑文章的结构和词句。书房外的走廊里、庭院里，甚至厕所里都被他挂上纸和笔，一旦想出一个妙句，他便欣喜若狂，立即用笔记录下来，并在以后反复地对它们进行推敲、斟酌，直到满意为止。就这样，他每天努力写作，一共花了十年的时间，才写成了《三都赋》这篇脍

炙人口的佳作。

《三都赋》在内容和形式上都达到了
前所未有的高度。作品的艺术价值极高，
受到当时人们的广泛赞誉。作品一问世，
当时京城洛阳有地位的人便都争相买纸
抄阅它。一时间，洛阳的纸张供不应求，
价格上涨得十分厉害。

晋代洛阳城遗址

以上故事中左思的《三都赋》在当时风靡一时，使得洛阳的纸都涨
价了，这就是成语"洛阳纸贵"的来源。这个故事被记录在《晋书·左
思传》中。

毛遂自荐

毛遂像

公元前251年，赵国都城邯郸遭到秦军围困。相国平原君受命出使楚国，想游说楚国，使之与赵国联手共同抗秦。平原君要挑出二十个有勇有谋的食客和他一起去，可挑了十九人后，就再也挑不出一个合适的了。这时，有个叫毛遂的食客向平原君自我推荐道："请让我来替你凑满您所需要的二十个人吧。"平原君对毛遂根本不熟，也没听人说起过他，便认为他没本事，不让他去，毛遂却大胆地说："如果您早一点注意我，恐怕我早已像被放在口袋中的锥子一样，锋芒毕露了，现在请您把我放入口袋吧！"毛遂的这番话使平原君立即改变了主意，同意他和自己一起出使楚国。

不料，楚王不想联赵抗秦，平原君也无计可施。毛遂作为代表上前劝说楚王，却遭到楚王的辱骂，并且楚王还要把他赶下台去。毛遂拿着剑走近楚王，大声道："我与大王只有十步远的距离，楚国再强也不能从我手中救下您的性命，您的命就在我手中！"

毛遂见楚王吓呆了，就收起了剑，又和言悦色地向楚王分析赵楚联合抗秦的好处，把道理分析得又清楚又透彻，楚王终于被他的勇敢和有理有据的观点所折服，于是便同意与平原君联合抗秦，并与平原君歃血为盟。

　　这个故事中的毛遂自告奋勇，自我推荐去楚国，并凭着自己的勇敢和智慧说服了楚王，达到了让楚赵联盟的目的，这就是成语"毛遂自荐"的来源。这个故事被记录在《史记·平原君列传》中。

毛遂自荐图

门庭若市

战国时，齐国有位士大夫叫邹忌，人长得很英俊，但与齐国有名的美男子徐公相比，他却有些信心不足，不知谁更漂亮一些，于是他先后问了妻子、爱妾和一位来访的客人，结果三人都说邹忌更英俊。

可过了几天，徐公上门拜访邹忌，邹忌这才发现自己根本没有徐公漂亮。徐公走后，邹忌想了很久："为什么我的家人、客人所说的和我自己亲眼看到的会不一样呢?妻子因为偏爱我；爱妾因为惧怕我；客人因为有求于我，都说我更英俊。其实我哪有徐公漂亮啊!"第二天早朝时，他便把自己受蒙蔽的事说给齐威王听，并劝谏说："现在齐国地大物博，大王接触的人也比我多得多，一定受了更多的蒙蔽。大王如果能开诚布公地征求意见，一定对国家有益。"齐王觉

得很有道理，随即下令说："不管是谁，能当面指出我的过失的，给上赏；上奏章规劝我的，给中赏；在街市中议论我并传入我耳中的，给下赏！"命令一下，群臣争相进谏，朝廷门口每天像市场一样热闹。

《战国策·齐策》将群臣争相进谏，朝廷门口每天像市场一样热闹的景象形容为"门庭若市"。

明哲保身

尹吉甫是周宣王的一名大臣，原名兮甲，字伯吉甫。由于他担任尹伊一职，所以后人又称他为尹吉甫。当时西周常受到一些少数民族的骚扰，宣王就派尹吉甫和一名叫做仲山甫的大臣去讨伐那些少数民族。他们合作得非常愉快，齐心协力，共同打败了敌人，巩固了周王朝的边疆，功绩显著。

在合作的过程中，尹吉甫发现仲山甫这个人非常有才能，对君王特别忠心，因而对他很佩服。后来，宣王命令仲山甫到齐地筑城，以抗御外族。仲山甫虽然知道齐地的条件很差，但他还

镶嵌玉琉璃镜

是欣然受命，立刻前往赴任。临行之时，尹吉甫写了一首题为《烝民》的诗赠给仲山甫，说他通达情理，不仅使自己健康、平安，而且还日夜为国操劳，从不懈怠，只忠于君王一个人，总之在诗中对他的德与才予以了高度地赞扬。

后来，人们根据这首诗概括出成语"明哲保身"。这个成语最初是个褒义词，但后来却变成贬义词，指人为了保全自已的利益而对其他的事不管不问的一种处世态度。

三角乳钉纹陶尊

兽耳簋

磨杵成针

李白读书图

　　唐代大诗人李白小的时候很聪明，到十岁时就读了很多诗书，但他也非常贪玩，不能全神贯注地读书，常常放下书本出去玩。

　　有一天，李白读了一会儿书，又溜到外面闲逛去了。在一条小河边，他看见一位老婆婆正在不停地磨一根铁棒。李白很纳闷，便走过去问道："老婆婆，您为什么要磨这根铁棒呀？"老婆婆抬头看了他一眼，说："孩子，我要把它磨成一根绣花针！"李白听了很吃惊，问道："啊？这铁棒这么粗，您要把它磨成绣花针，那得到什么时候才磨得成呀？"老婆婆笑了笑，继续耐心地对他说："我这样不停地磨下去，这铁棒就会越来越细。这铁棒和以前相比已经细了不少。有一天我一定会把它磨成针的。"

李白听了很受启发，决心好好读书，最后，他终于成为了一位大诗人。

以上故事中，老婆婆要将粗大的铁棒磨成一根细小的绣花针，就是成语"磨杵成针"的来源。

这个成语的意思是做事只要有恒心、有毅力，什么困难都可以克服。宋代的祝穆在《方舆胜览·眉州·磨针溪》中记录下了这个故事。

李白醉写番表图

摩肩接踵

晏子像

　　晏子是春秋时期的齐国人，曾任齐国的相国。他个子很矮，但非常聪明。他出使楚国时，楚王派人在城门边上挖了一个狗洞，让晏子从那里进城。晏子知道楚王这么做是要存心侮辱他个子矮，但他还是故作惊讶地说："难道我今天来到狗国了吗？只有狗国才不开城门而让人走狗洞。"听了这话，楚国只得让晏子从城门进城。

　　当晏子来到楚王的宫里时，楚王还想继续侮辱身材矮小的他，便问道："是不是齐国没人了，才派你出使我国？"晏子反驳

道："我们齐国的都城临淄有上百条街道，几万户人家，人们一齐张开衣袖就能遮住太阳，一起挥汗时就像天上下起了雨，街上的行人肩挨着肩，脚跟碰着脚跟，怎么能说没有人呢?"晏子接着反唇相讥道："大王有所不知，我国的外交规矩是：贤臣出使有贤明君主的国家，无能的臣子只能出使由无能之君治理的国家。我是最无能的，所以就被派到您这儿来了。"楚王自找没趣，不能应付，只得很隆重地接待晏子。

　　以上故事中，晏子说临淄人口众多，大街上非常繁华，行人肩挨着肩，脚跟碰着脚跟，就是成语"摩肩接踵"的出处。这则故事被记录在《晏子春秋·内篇杂下》中。

南辕北辙

骑兵战阵俑

战国末期，魏国势力不断衰落，但魏王仍想讨伐赵国。正在出使邻国的臣子季梁得知魏王的打算后，立刻回国，劝阻魏

王说："今天我在太行道上，遇见一个人坐车朝北走，但他却告诉我他要到楚国去。楚国在南方，我问他为什么朝北走，那人说：'不要紧，我的马好。'我说：'马好也不行，朝北走不会到达楚国。'那人又说：'我的路费多着呢！'我又提醒他：'路费多也不济事，这样也到不了楚国。'那人还是说：'不要紧，我的车夫善于赶车。'这人太糊涂了，马跑得越快，路费越多，马夫越会赶车，他离楚国就会越远。"

说到这里，季梁才转入正题，说："大王要成就霸业，只有取信于天下，才能树立威

胡人车辕头

望，从而最终达到目的。如果恃强凌弱，就不能建立威望，就像那个去楚国的人一样，只能离成就霸业的目标越来越远。"魏王听了，决心停止伐赵。

这是《战国策·魏策》中的一个小故事。在这个故事中，季梁所说的那个人本来要去南方的楚国，却朝北方走，结果离目的地越来越远，这就是成语"南辕北辙"的出处。它的意思是指行动和目的刚好相反。

鸟尽弓藏

持箭兵士俑

春秋末期，在吴越争霸的战争中，越国失败。但越王勾践并没有因此消沉下去，反而任用大夫文种、范蠡帮助自己治理国家，并终于打败了吴国。

被打败的吴王夫差连续七次向越国求和，但文种、范蠡坚持不答应，于是夫差就给范蠡写了一封信，把信用箭射到范蠡的营中，对他说，如果他不给自己留点余地，是不会有好下场的。范蠡看信后心领神会，在越国灭吴之后，便悄悄地逃走了。他把衣服留在太湖边，大家都以为他是跳湖自杀了。过了一段时间，文种收到一封匿名信，大意是说飞鸟被打完后，用于打鸟的弹弓就会被收起来；野兔被捉完后，猎狗就会被杀了吃掉。现在越国的敌人被灭掉了，有功之臣就可能会被废弃或遭迫害。越王勾践是个薄情寡义的人，只能和他共患难，而不能跟他共富贵。如果不早作打算，早晚会被他杀害的。此时，文种猜到这封信是范蠡写的，这才明白范蠡为什么会悄悄离去。从此，他便经常以有病为借口不上朝，时间长了，勾践对他产生了怀疑。一天，勾践在探望文种时，给他留下一把佩剑，文种知道自己的死期已到，但悔已无及，只好自杀。

在这个故事中，范蠡在写给文种信中告诉他飞鸟被打完后，用于打鸟的弹弓就会被收起来；野兔被捉完后，猎狗就会被杀了吃掉，后人便根据范蠡的话总结出成语"鸟尽弓藏"，用以比喻事情办成之后，有贡献的人被废弃或遭迫害。这是记录在《史记·越世家》中的一个故事。

怒发冲冠

战国时期，赵国的赵惠文王得到一块非常罕见的璧玉——和氏璧。秦昭王知道后，非常想拥有它，于是他写信给赵王，假称要用十五座城换这块璧。

赵王害怕秦王会骗他，但又不敢得罪秦王，于是立刻召见蔺相如，向他询问对策。蔺相如说："秦强我弱，我们必须得去。如果我们去了，秦王不守信，那就是他无理，这样他就要承担不讲道理的责任。"

就这样，赵王派蔺相如出使秦国。秦王并没有隆重地欢迎蔺相如，而是非常傲慢地在一个临时居住的宫室里接见了他，秦王拿过璧后，看了又看，并把它传给大臣和姬妾们看。看到秦王的这种态度，蔺相如非常愤怒。他看出秦王没有交换的诚意，便谎称要给秦王指出这块璧玉上的小毛病，趁机拿过了和氏璧。拿到和氏璧后，他往后退了几步，站在柱子旁。由于非常气愤，他的头发一根根地直立起来，甚至将帽子都顶了起来，他厉声斥责秦王的无信和傲慢，并说秦王若逼他，他就和璧玉一起撞在柱子上。秦王害怕撞坏了璧玉，只得向蔺

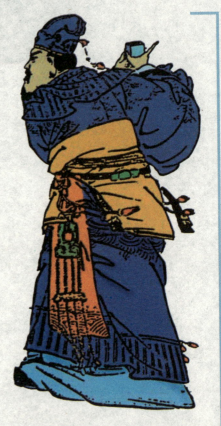

蔺相如怒发冲冠

相如道歉，蔺相如终于出色地完成了使命。

　　以上故事中，蔺相如在生气的时候头发一根根地直立起来，甚至将帽子都顶了起来，就是成语"怒发冲冠"的出处。这则故事被记录在《史记·廉颇蔺相如列传》中。

彩漆木雕座屏

匹夫之勇

春秋时期，越王勾践被吴王夫差打败，之后被囚禁了三年，忍受了许多侮辱。回国后，他卧薪尝胆，励精图治，发誓一定要报仇。

许多年过去了，在勾践的努力下，越国日益富强起来，兵强马壮，将士们多次向勾践请命说："君王，越国的老百姓敬爱您就像敬爱自己的父母一样。现在，儿子要替父母报仇，臣子要替君主报仇。请您下命令吧，我们愿意与吴国决一死战。"

勾践答应了将士们要与吴国决战的请求，把军队召集在一起，向他们表示决心，说："我听说古代贤明的君主从来不为士兵少而发愁，他们只是担心士兵们缺乏自立自强的精神。我不希望你们作战的时候缺乏智谋，单凭个人的勇敢，这样一定会失败的。我希望你们能运用智谋作战，步调一致，同进同退。前进的时候要想到会得到奖赏；后退的时候要想到会受到惩罚。这样，你们就能打败敌人，获得赏赐。如果前

士兵俑

进时不听命令，后退时不知道羞
耻，那么你们就会受到应有的惩
罚。"

　　到了出兵征讨吴国的时候，
越国的士兵都用越王的话互相勉
励。全体将士斗志昂扬，终于打
败了吴王夫差，灭掉了吴国。

　　以上故事中，勾践告诉士兵
们做战时应该讲求智谋，不能单
凭几个人的勇敢逞强蛮干，否则
就一定会失败，这就是成语"匹
夫之勇"的出处。这个故事被记录在《国语·越语上》中。

吴越战争示意图

破釜沉舟

项羽像

秦朝末年，秦国派兵攻打赵国。赵军抵挡不住，退守巨鹿（今河北平乡西南），被秦军包围。楚怀王任命宋义为上将军，项羽为副将。让他们带领军队去援救赵国。

但是，宋义把兵带到安阳就不再前进了，在此停留了四十六天。项羽非常着急，再三要求他渡江北上，与赵军里应外合，一举打败秦军。但宋义希望等到赵、秦两军打得精疲力尽之时再发兵，以坐收渔翁之利，他于是严令军队不准随便移动。同时，自己又邀请宾客，大吃大喝，而让士兵、百姓忍饥挨饿。

项羽实在看不下去了，便密谋杀死了宋义，将士们马上拥戴项羽为上将军。之后，项羽立即派出两名将军，率两万人马渡河解救巨鹿。取得小胜后，项羽又下令全军渡河救援赵军。

戏马台

在江苏省徐州市城南，始建于公元前 206 年，据传西楚霸王项羽定都彭城后，在此筑高台，作为指挥士兵操练观赏士卒赛马场所。

项羽在全军渡河之后，采取了一系列果断的措施。他下令把所有的船都凿沉，把煮饭的锅都打破，把营房都烧掉，让士兵只带三天的干粮。不给士兵一点儿退路，以此表达自己要决战到死的决心。这支毫无退路的军队到了巨鹿外围，立即包围了秦军。经过九天的激战后，他们一举打败了秦军，取得了胜利。

鞍马骑兵俑

这则故事出自《史记·项羽本纪》。故事中，项羽为了表达自己要决战到死的决心，砸破锅，凿沉船只，烧掉营房，就是成语"破釜沉舟"的来源。后人多用这个成语表达要战斗到底、勇往直前、拼死一战的决心。

杞人忧天

众人舞乐俑

　　相传，杞国有一个人，胆子很小而且有点神经质，他常常会想出一些奇怪的问题。一天晚饭后，他拿个大扇子在门口乘凉，自言自语地说："如果有一天，天塌下来把我们压死了，那可怎么办呀！"从此以后他天天琢磨这个问题，越想越害怕，越想越觉得危险。结果日子长了，他觉也睡不着，饭也吃不下，他一天比一天瘦。朋友们看到他整天恍恍惚惚、神不守舍的样子，都很替他担心。

　　当得知他是因为担心天塌下来才弄成这副模样的时候，大家都劝他说："老兄呀，你何必为这种事烦恼呢？这种事情自古以来就没有发生过啊！即使哪天天真的塌下来了，也不是你一个人烦恼能够解决的啊！还是不要为这种事自寻烦恼了。"可无论别人怎么劝说，他都不相信。年复一年，日复一日，老天从来也没有像他担心的那样掉下来，连日月星辰也都好好的，可是杞人却始终为这个问题所困扰。据说，直到临死时，他仍在为这个问题担心。

　　大思想家孔子将这个故事记录在《孔子·无端》中，用这个杞国人的担心来比喻缺乏根据的不必要的忧虑。后来人们就将杞国人的担心概括为成语"杞人忧天"。

黔驴技穷

老虎噬驴纹带饰

从前，贵州一带没有驴子，有个好事的人就用船运来一头毛驴，把它放在山脚下。

山里的老虎发现了这头毛驴，看它很高大，不知道它有什么本领，因此不敢靠近它，只是远远地躲在树林里观察它的动静。

过了一段时间，老虎大着胆子走出树林，一点一点地靠近毛驴，再仔细地瞧瞧，仍然看不出它究竟是什么东西。

一天，毛驴突然大叫一声，把老虎吓了一大跳，马上逃走了。过了几天，老虎对毛驴的叫声习惯了，于是就离它更近了，甚至碰撞它的身体，故意冒犯它。毛驴终于被惹怒了，用蹄子去踢老虎。

这一踢，老虎反而高兴了。它估计毛驴的技能就这么一点，没有什么可怕的了，便大吼一声扑上去，咬断了毛驴的喉咙，美美地吃了一顿，然后高高兴兴地离开了。

黔人搏牛铜俑

唐代的柳宗元在著名的《三戒·黔之驴》中写下了这个寓言故事。寓言中的毛驴只有一点点本领，当它的这点本领被老虎看破后，自己便成了老虎的美餐。后来，人们便根据这个故事总结出成语"黔驴技穷"，比喻有限的本领已经用完了。

柳宗元像

曲高和寡

　　战国时期，楚国著名的文学家宋玉在楚襄王手下任职。一次，楚襄王问他最近的行为是否有不好的地方，以致让许多人说他的坏话。

　　宋玉平静地回答说："是有很多人在议论我。请大王暂且宽恕我，听我讲个故事：最近，有位乐师来郢都唱歌。开始时，他唱的是普通的《下里》和《巴人》这两首歌。城中有几千人跟他一起唱。接着他又唱《阳河》和《薤露》，能跟他一起唱的人就减少了。后来他唱格调比较高雅的《阳春》和《白雪》时，只有几十个人能跟着他唱了。最后，当他唱十分高雅、深奥的商音、羽音，又夹杂着徵音时，能跟着他唱的就只有几个人了。这就如同凤凰能够展翅翱翔在九霄云外，在篱笆间跳跃的小鸟又怎能与它相比呢？鲲鱼能日游万里，浅水塘中的小鱼又怎能相与它

韩熙载夜宴图（局部）

提并论呢？鸟中有凤凰，鱼中有鲲鱼，在人当中也有像它们一样卓而不群、出类拔萃的人物，他们的思想超出常人。普通人又怎么能理解我的言行呢？"楚王听后恍然大悟，不再听信别人的谗言，反而更加重用宋玉。

以上故事中，宋玉以乐师唱歌作比喻，说明乐曲越高雅、深奥，越难以为大众所接受；人的思想品行越超常，能够理解他的人就越少。这就是成语《曲高和寡》的来历。这个故事被记录在《宋玉·答楚王问》中。

任人唯贤

管仲像

春秋时期，齐襄公有两个弟弟，一个是公子纠，另一个是公子小白，他们各有一个很有才能的师傅。公元前686年，齐国大乱，齐襄公被杀，公子纠跟着他的师傅管仲到鲁国去避难，而公子小白则跟着他的师傅鲍叔牙逃往莒国。

第二年，齐国派使者到鲁国迎回公子纠当齐国国君，管仲担心逃亡在莒国的公子小白会抢先回国夺到君位，所以先带领一支人马去拦截公子小白。

果然，管仲的人马发现公子小白正赶往齐国。管仲偷偷地向小白射了一箭，以为他已被自己射死，便不紧不慢地从鲁国护送公子纠回到齐国。然而，公子小白并没有死，鲍叔牙给他治好伤后，赶在公子纠之前回到齐国，公子小白当了国君，即齐桓公。

公子纠在鲁庄公军队的保护下想要继承君位。

于是，齐鲁之间发生了战争。结果鲁军大败，公子纠被逼死，管仲被押送到齐国。一路上，管仲饥渴难耐，吃了不少苦头。来到绮乌这个地方时，他向一位戍守边界的官员乞求

矮足鼎

一些吃的，那位官员对他非常恭敬，竟跪在地上端
着饭给管仲吃。他暗地里问管仲："您到齐
国后，如果没有被杀，而得到重用，您
将如何报答我？"

　　管仲说："照你所说的话，我会
任用贤人，使用能人，评赏有功劳
的人。除此之外，我能拿什么报答您
呢？"

双人舞扣饰

　　这是《韩非子·天下》中的一个小故事。后
人将管仲所说的会"任用贤人，使用能人，评赏有功劳的人"概括为成
语"任人唯贤"，表示用人只注重德才，这个成语直到现在仍被广泛地
使用。

入木三分

王羲之像

晋代的王羲之，是我国历史上著名的书法家。他的字秀丽中透着苍劲，柔和中带着刚强，后世学字的人很多都以他的字作为范本。现今留下来的著名书帖有《兰亭集序》、《黄庭经》等。

王羲之的字写得这样好，虽然有一定的天赋，但这更重要的是他刻苦练习的结果。为了练好字，他在休息或是走路的时候，心里也还总想着字体的结构，揣摩着字的气势，而且不停地用手指头在衣襟上比划着，时间长了，身上的衣服也被他划破了。

王羲之勤于练字。相传，每次练完字后，他就在一个池塘里洗涤笔砚。时间久了，整个池塘的水都变黑了，可见他的勤奋精神。

据说，有一次，当时的皇帝要去北郊祭祀，让王羲之在一块木板上写上祝词，再派工人雕刻。雕刻的工人在雕刻时惊奇地发现，王羲之写的字笔力强劲，已渗入木头三分多。他禁不住赞叹道："右

《黄庭经》拓片 王羲之

军将军(王羲之)的字，真是强劲有力呀！"

　　唐代的书法家张怀瓘在《书断》一书中记录了这个故事。在这个故事中，王羲之在木板上写字，笔力强劲到能深入木头三分多，便是成语"入木三分"的来源。现在这个成语也可以用来比喻见解和议论非常深刻、贴切。

兰亭修禊图
此图描绘东晋永和九年，王羲之、谢安等人在浙江山阴的兰亭溪上修禊，作曲水流觞之会的故事。

三人成虎

　　魏国的太子要去赵国当人质，魏王派大臣庞葱陪同前往。庞葱害怕自己到了赵国后，有人会在魏王面前说自己的坏话，这样魏王将不再信任他。为此，他在临走时特意对魏王说："大王，如果有人对您说大街上有老虎，您会不会相信？"

　　魏王立刻回答："当然不会！"庞葱接着问："如果第二个人也说街上有老虎，您相信不相信？"魏王迟疑了一下，说："我将信将疑！"庞葱又问："要是第三个人也向您报告说街市上有老虎，您相信不相信？"魏王一边点头，一边说："我相信了。"庞葱说："大街上本来没有老虎，这是明摆着的事。但是三个人都说那里有老虎，您就相信了。如今我陪太子去赵国，远离您的身边。背后说我坏话的一定不止三个人。希望大王今后对这些话加以考察，不要轻易相信。"魏王勉强答应了他。

庞葱去赵国后不久，果然有人在魏王面前说他坏话。魏王开始不信，但说的人多了，魏王就相信了。等到庞葱从赵国回来后，魏王果真不再信任他了，甚至都没有召见他。

以上故事中，庞葱所说的"大街上本来没有老虎，这是明摆着的事。但是三个人都说那里有老虎，您就相信了"，意思就是谣言或讹传一再出现，便可能使人信以为真。这就是成语"三人成虎"的出处。这则故事被记录在《战国策·魏策》中。

生花妙笔

李白是唐代著名的大诗人。传说他少年时，曾经做过一个奇怪的梦。他梦见自己平时所用的笔的笔头上突然绽放出非常鲜艳漂亮的花朵。与此同时，一张张白纸自动飞到他的眼前。李白高兴极了，就抓起那只开满鲜花的毛笔飞快地写了起来，落在纸上的却是一朵朵盛开的鲜花。

从此，李白酷爱写诗，刻苦读书，游历祖国名山大川，深入了解民众的生活，创作了大量不朽诗篇。他热情赞美辽阔壮丽的祖国，并在一定程度上揭露了腐朽黑暗的封建社会。他有许多著名的诗篇流传千古，至今仍被后人吟咏传诵。

凤凰台诗意图

李白非常有才能，生前便被人们称为"诗仙"，杜甫也称赞他"笔落惊风雨，诗成泣鬼神"。但他并非天生就是这样，而是个人勤学苦练的结果。相传他幼年时并不懂得用功，一次他看见一个妇人在石板上磨铁棒，说一定要把粗粗的铁棒磨成针，这使他深受启发，从此发奋学习，终于学有所成。

五代时期的王仁裕在《开元天宝遗

"李白斗酒诗百篇，长安市上酒家眠"诗意图

事·梦笔头生花》一书中记载了这个故事。故事中说李白是因为做了一个奇怪的梦，才能写出那么多含义深刻、脍炙人口的诗，这就是成语"生花妙笔"的来源。后来人们就用这个成语来形容写作技巧非常高超。

守株待兔

　　从前，宋国有个种地的农民，一天正在地里干活，忽然看见一只野兔从远处迅速地奔跑过来。只见这兔子狂奔乱撞，最后撞在一个树桩上。农夫走近一看，那只野兔已撞断脖子死了。农夫高兴极了，把那只死野兔捡起来，带回家美美地吃了一顿。

　　第二天，农夫扔掉农具，再也不下地去耕种庄稼了，他就坐在那个树桩旁边耐心地等待着，希望再次发生野兔撞树桩而死的美事，再拣到死兔，再一饱口福。

　　一天、两天过去了，十天、半个月过去了，农夫再也没有等到第二只撞死在树桩上的野兔，而自己田地里

兔形金饰

的庄稼却荒芜了。这件事很快传遍了宋国，人们都取笑他的这种行为。

其实，野兔撞到树桩上死去，是一件非常偶然的事情。这个农夫竟然把偶然当成必然，不惜放下本职工作，专门等待偶然的出现，真是愚蠢得很！

这是记载在《韩非子·五蠹》中的一个小故事。后人将这个农夫愚蠢的行为概括成"守株待兔"，用来比喻死守片面的经验，或妄想不经过主观努力而侥幸获得成功。

司马昭之心

司马昭像

三国后期，魏国的大权逐渐被司马家族所掌握。高贵乡公曹髦在位时，司马昭被任命为大将军。曹髦见曹氏日益衰败，司马昭越来越专横，心里非常气愤，于是写了一首题为《潜龙》的诗，借以表达自己苦闷的心情。司马昭看到这首诗后，勃然大怒，竟然在朝堂上大声斥责曹髦，吓得曹髦一身冷汗，不敢出声。曹髦回到后宫，觉得司马昭有篡位之心，并且大家都知道他的心思。曹髦再也忍受不了这样的日子了，决定采取果断措施除掉司马昭。

于是他便召集亲信大臣密谋。他愤怒地说："司马昭企图篡夺帝位的野心，是人所共知的。我不能坐着被废，今天要与你们一起讨伐他。"

众大臣都不同意这样匆忙行事，但曹髦等不及了，拔出宝剑，登上马车，带领宫中侍卫、仆从三百多人，

官印

向司马昭的府第进发，但被司马昭的卫兵当场杀死。

以上故事中，曹髦所说的"司马昭企图篡夺帝位的野心，是人所共知的"，就是成语"司马昭之心"的出处，它经常与"路人皆知"连用，比喻人所共知的阴谋或野心，这则故事被记录在《三国志·魏书·高贵乡公纪》中。

四面楚歌

虞姬像

楚汉战争的最后一年，刘邦率军围困楚军。冬天的时候，项羽败退到垓下，被汉军团团围住。此时，项羽的兵力已被消灭得差不多了，粮食也已吃完。刘邦的军队则是兵强马壮、粮食充足，项羽很难突出重围。为了彻底打败项羽，刘邦运用心理战术。他让汉军唱楚国的歌曲，使楚国以为汉军已经占尽楚地。这一招果然取得了预期的效果。一天夜里，项羽听到四面都响起了楚国的歌声，不由得自言自语起来："难道汉军已经完全占领了楚地？唉！这里的楚人为什么这样多？"项羽深感大势已去，焦急万分，只有喝酒解愁。败局已定，人将战死，他最放不下的便是他的爱妃虞姬和坐骑乌骓马。他一边喝酒，一边悲哀激昂地唱道："力拔山兮气盖世，时不利兮骓不逝。骓不逝兮

张良吹箫破楚军戏画

可奈何，虞兮虞兮奈若何?"唱得身边的人也跟着掉眼泪。

当天夜里，项羽率领八百多名骑兵，拼死突破重围，向南逃去，几经辗转，只剩下二十八名骑兵，而追来的汉军有好几千人。项羽走投无路，被迫在乌江拔剑自杀而死。

以上故事中，刘邦运用心理战术，让汉军唱楚国的歌曲，使项羽处于四面受敌、孤立无援、走投无路的绝境，这就是成语"四面楚歌"的来历。这个故事被记录在《史记·项羽本纪》中。

《千金记》插图 "霸王别姬"

太公钓鱼，愿者上钩

姜太公姜尚是西周初期十分著名的政治家，他辅佐周文王、周武王推翻了商纣王的残暴统治，建立了周政权，即历史上的西周。在得到周文王的赏识和重用之前，姜太公隐居在陕西渭水边的一个小村子中。那里是周文王当商朝的诸侯王时统治的地区，姜子牙隐居于此，是希望有一天周文王能够注意到自己的才华。

在等待建功立业的机会的日子里，姜太公经常在磻溪旁钓鱼。但与别人不同的是，他钓鱼用的钩是直钩，上面不穿鱼饵，鱼钩也不沉到水里，而是悬在离水面三尺高的地方。他一边钓鱼，一边自言自语地说："不想活的鱼儿，如果你们愿意的话，就自己上钩吧。"

周文王听说姜太公钓鱼的奇特方式后，心想此人一定是个奇才，于是亲自带上厚礼去请姜太公出来辅佐自己。姜太公被他礼贤下士的诚意所感动，便答应为他效力。后来姜太公终于实现了自己建功立业的愿望，帮助武王消灭了商朝，建立了西周王朝。

　　以上故事中，姜太公钓鱼用的是直钩，上面不穿鱼饵，鱼钩悬在离水面三尺高的地方。他并不是主动地钓鱼而是等待着自愿上钩的鱼。后来人们就根据这种行为总结出成语"太公钓鱼，愿者上钩"，比喻心甘情愿地中圈套或去做某件事。这个故事被记录在《武王伐纣平话》中。

螳螂捕蝉

螳螂捕蝉黄雀在后

春秋时期，吴国君主准备征讨楚国。一些大臣认为，征讨楚国即使取胜，别的国家也有可能乘虚而入，结果会对吴国不利。但是吴王下了一道命令：诸位大臣谁敢劝阻出兵，就杀掉谁。因此谁也不敢去向吴王进谏。

吴王的侍从中有位少年，他想采取一种间接的办法劝阻吴王。他告诉吴王说自己在王宫的后花园中用弹弓打鸟，鸟没有打着，却发现了一件很有趣的事情。吴王让他说说发生了什么事，于是这个少年便说："我看到一只蝉停在树上悲哀地鸣叫着，同时喝着露水。它不知道有一只螳螂正在它背后。那只螳螂弓着身子，弯着前肢想去捕蝉，却不知道黄雀正在它的旁边呢！""那黄雀要干什么呢？"吴王问道。少年回答说："那黄雀伸长脖子，正想啄螳螂，却不知道我正用弹弓瞄准它，要把它

射死。蝉、螳螂和黄雀都一心想获得眼前的利益，却没想到它们的后面还有灾害啊！"

吴王听后恍然大悟，原来这个少年是在用这个故事规劝自己不要贸然征讨楚国，以免有后顾之忧，于是便下令停止出兵攻打楚国。

以上故事中，那个少年所说的螳螂捕捉蝉，却不知道黄雀在背后要啄自己，便是成语"螳螂捕蝉"的来历，比喻贪图眼前利益而去损害别人，却不知道有人在后面正算计自己。

玉螳螂

玉蝉

青铜鸟饰

退避三舍

晋文公复国图（局部）

春秋时期，晋国君主晋献公宠爱妃子骊姬，骊姬为了让自己的儿子奚齐继承王位，陷害公子重耳和夷吾。他们二人被迫流亡到其他国家。

起初重耳逃到翟国，在那儿住了十二年。后来晋献公去世，奚齐和卓子先后继位，但都被杀死，夷吾便回晋国即位，成为晋惠公。惠公怕重耳回来争夺王位，便派人去翟国刺杀重耳，重耳只好再次流亡，先后逃到齐、曹、卫等国家，但都得不到这些国家国君的赏识。最后重耳来到了楚国，楚成王十分器重他，用接待诸侯的礼仪对待他，而且还十分尊重他的随从，如赵衰、介之推等人。

有一次，楚成王大摆筵席招待重耳，喝得正畅快时，成王突然笑着问重耳，将来如果他能回晋国做国君，该如何报答自己。重耳知道楚成王不稀罕奴隶、珍宝和丝绸等东西，便说："假如我托您的福回到晋国当了国君，将来万一两国交战，那我就命军队后退九十里来报答您。"

后来重耳果真回到晋国当了国君，他就是历史上著名的晋文公。当晋楚两国交战时，他为了履行当初的诺言，果真下令军队后撤了九十里。

以上故事中，晋文公重耳为了报答楚成王，在两国交战时主动退军九十里，在古代，行军打仗时以三十里为一舍，从而形成了成语"退避三舍"，比喻主动退让和回避，避免冲突。这个成语被记录在《左传·僖公二十三年》中。

完璧归赵

完璧归赵拓片

秦昭王得知赵惠文王有一块罕见的宝贝——和氏璧，便派人送信给赵王，表示愿意拿出十五座城池来换这块璧。

赵王担心秦王有诈，不愿把璧送去，可又怕秦王以此为借口攻打赵国，于是便想物色一个可以去秦国答复的人，但一时还找不到，有人向他推荐了蔺相如。蔺相如对赵王说："我愿意捧着璧去秦国，我向大王保证：如果秦国肯将城池交给赵国，我就把璧留给秦王；如果秦国不交出城池，我一定会把璧完好无损地归还赵国。"

于是，蔺相如被派出使秦国。他向秦王献上和氏璧后，看到秦王只顾欣赏璧玉而无意交城，他便以璧上有瑕疵，要指给秦王看为借口，拿回璧玉，并怒斥秦王没有诚意。还说秦王如果强迫他，他将让自

透雕双凤腾龙玉璧

完璧归赵图

己的脑袋和璧玉一起在柱子上撞个粉碎。

秦王害怕他真这样做，于是假意叫人拿出地图，划出十五座城池。蔺相如看出秦王还是无心交城，便表示秦王必须斋戒五日，他才能献璧，秦王被迫同意。蔺相如趁此机会，让一个随从人员穿上老百姓的粗布衣服，带着和氏璧从小路逃回了赵国，从而实现了自己将璧玉完好无损地交给赵国的诺言。

以上故事中，蔺相如保证将和氏璧完好无损地交给赵国，并凭着自己的机智勇敢实现了这一诺言，这就是成语"完璧归赵"的出处。这则故事被记录在《史记·廉颇蔺相如列传》中。

卧薪尝胆

公元前493
年，吴王夫差率
兵攻打越国，越
王勾践兵败投
降，夫差大获全
胜，并把勾践和
他的妻子俘虏到
吴国。为了显示
自己的宽宏大
度，夫差没有杀
掉勾践夫妇，而

卧薪尝胆图

是让他们住在夫差父亲墓前的石屋中，一边看墓赎罪，一边养
马。夫差外出时，勾践就得拿着马鞭子，替他赶马。

三年后，夫差认为对勾践实施的惩罚已经够了，而且勾践
也卑躬屈膝，非常顺从，估计他以后再也不会反对自己了，便
放他们夫妇回国了。

勾践回国后，发誓要报仇雪恨。为了磨练自己的意志，他
睡觉不盖被子，穿着衣服躺在杂草中。他还在自己住的房中悬
挂着一个苦胆，每次吃饭前，都要尝一尝苦胆的苦味，还不时
地告诫自己："勾践啊勾践，不要忘了会稽战败的耻辱！"除此
之外，勾践还努力发展生产，并亲自下地种田，让妻子纺织；
饭菜中没有肉，不穿华丽的衣服，与百姓同甘苦共患难；鼓励越王勾践剑

生育，增强国力。越国终于慢慢地
强大起来。

四年之后，勾践领兵攻打吴
国，夫差抵挡不住，派人求和，但
遭到勾践的拒绝。夫差被迫自杀，吴
国灭亡。

以上故事中，勾践为了磨练自
己的意志，晚上睡觉不盖被子，躺
在杂草上；吃饭之前还要尝一尝苦
胆的苦味，一刻也不敢放松。《史记·
越王勾践世家》称赞勾践这种刻苦
自勉的行为为"卧薪尝胆"。这个成语便从此流传下来。

吴越战争形势图

胸有成竹

北宋仁宗时期有一位著名的画家名叫文同，字与可。他的诗、文、书法都很优秀，尤其擅长画竹子，因此享有"墨竹大师"的美称。为了画好竹子，文与可在房屋周围种满了青竹。无论风吹、雨打、日晒，他每天都认真地观察竹子的枝叶在不同时期的生长状况和在不同天气中的形态变化。经过一番细心地观察揣摩，他自然而然地在脑子里积累了各式各样竹子的形象。在他作画之前，心

苏轼像

中早已有了大致的轮廓，这样画时就能挥洒自如。

苏轼也受到文与可画竹经验的启发，在画竹子之前也先仔细地观察竹子。竹子的形态在心中一经形成，马上手脑并用，在纸上画出自己所感受到的东西。

文与可的好友晁补之在《赠文潜甥杨克一学文与可画

苏轼题竹图

竹求诗》中说："与可画竹时，胸中有成竹。"这就是说文与可在画竹子前，心中早已构思好了完美的竹子形象。后人从这句话中总结出成语"胸有成竹"，现在常用来比喻人在做事前就已有了想法，或有了成功的把握。

苏轼竹石图

雪中送炭

  范成大是南宋时期的著名诗人，晚年隐居故乡苏州石湖，因此自称石湖居士。他在一生中写了许多诗歌，而且他的诗作风格多样，以清新典雅为主要特色。他留下一本《石湖居士诗集》，包含他的许多著名的诗句。其中有一首诗，题目是《大雪送炭与芥隐》。这首诗中有这样两句："不是雪中须送炭，聊装风景要诗来。""雪中送炭"这则成语就是从范成大的诗句中简化而来的。

  在《宋史·太宗纪》中记述了这样一个故事：有一年的冬天，下了一场非常大的雪，天气变得十分寒冷，人们都躲在屋里避寒。宋太宗正在皇宫中休息，一边烤着火取暖，一边品尝着各式各样的美味佳肴。这时他看到窗外飘着纷纷扬扬的大雪，忽然想起了他的国家中还有

雪中送炭图轴

范成大墨迹

很多可怜的穷人，他们吃不饱饭，穿不暖衣，正在大雪中挨饿受冻。于是宋太宗马上派出手下的官员，带上许多粮食和木炭，出了皇宫，来到穷苦的老百姓们生活的地方，把粮食和木炭送到了那些穷人和孤苦伶仃、无依无靠的老人手中。这样一来，他们就能有米来做饭吃，有木炭来生火取暖了。

这则成语来源于范成大《大雪送炭与芥隐》：不是雪中须送炭，聊装风景要诗来。用来比喻在别人极端困难和危急的时刻，给人以帮助。

宋太宗像

掩耳盗铃

春秋末年，范吉射一家因被追杀，只好逃离晋国。有一天，有个人在范家门口发现一口钟，很漂亮，便想要偷走这口钟。可是钟太重了，他根本不能背走它。过了一会儿，这个人突然想出一个主意：钟不是太重吗？那就把它敲碎了，一块一块地搬走不就行了吗？于是，他很得意地找来一个铁锤，用尽全身力气砸向大钟。"当——"，钟发出了震耳欲聋的响声。因为这钟是铜浇铸而成的，自然是一点也没碎。他又用力砸了一下，钟仍然发出很大响声，只稍微晃了几下，完好无损。这时他突然意识到：如果再继续砸下去，这当当的声响就会被别人听到，就偷不了钟了。他自以为聪明，又想出个办法：捂住自己的耳朵再砸。以为自己听不到钟的响声了，别人也听不见，这样就可以把钟偷走了。

这是《吕氏春秋·自知》中的一个非常著名的故事。在这个故事中，偷铃的人捂住自己的耳朵，以为这样别人就不会听到钟的响声，这其实是一种自己欺骗自己的愚蠢行为。后来，人们便根据这个故事总结出成语"掩耳盗铃"。

叶公好龙

春秋时期，楚国有个叫沈诸梁的人，字子高，是叶地县尹，因此自称叶公，大家都叫他"叶公子高"。

叶公非常喜欢龙，当地的人都知道他的这个癖好。他不但身上佩带的剑、刀上雕着龙，家里的门窗、梁柱上也刻着龙，就连墙上都画着龙的图案。上界的天龙知道人间有这样一个好龙成癖的人，十分感动，决定要下凡来走一趟，向叶公表示谢意。一天，叶公正在家中睡午觉，忽然风雨大作，电闪雷鸣。梦中的叶公被惊醒了。他忙起来关窗户，没想到天龙从窗户外探进头来，吓得叶公魂飞魄散。当他转身逃进里屋时，又看见一条硕大无比的龙尾巴横在面前。叶公无处可逃，吓得面如土色，顿时昏了过去，不省人事了，天龙瞧着晕倒在地的叶公，感到莫名其妙，只好扫兴地飞回天界去了。其实，叶公并不是真的爱好龙，只不过喜欢那种似龙非龙的东西。

以上故事中，叶公表面上很喜爱龙，但当真龙来到他面前时，却又吓得昏死过去。后人便称他的这种行为为"叶公好龙"。这个故事被汉代的刘向记录在《新序·杂事》一书中。

罗汉图（局部）

一鼓作气

春秋时期，战争非常频繁。公元前68年，齐国出兵攻打鲁国。鲁庄公率兵去长勺与齐军决一死战。齐军先声夺人，擂起战鼓准备进攻。鲁庄公刚要下令应战，却被同来的曹刿劝住了。曹刿认为时机不到，劝鲁庄公再等等。齐军见鲁军没有动静就又一次擂响战鼓，可曹刿认为时机还不成熟。

齐军见鲁军还是按兵不动，又第三次打响鼓向他们挑衅。曹刿当机立断地对鲁庄公说："进攻的时机到了。"随着雨点般的战鼓声响起，早已摩拳擦掌的鲁军一拥而上。齐军三次进攻不成，士气早已大减，疲惫不堪，有的人甚至已经坐下休息了。鲁军的突然出击使他们来不及防备，顿时溃不成军。战争胜利后，鲁庄公问曹刿："为什么要等齐军擂三次鼓后，才能出击呢？"曹刿说："打仗，主要靠军队的士气。敲第一遍鼓时，士气最

战鼓

旺；敲第二遍鼓，士兵的勇气就已经减退了；敲第三遍鼓，勇气已经耗尽了。这时我军趁机擂鼓而上，士气旺盛的军队攻打松懈疲乏的军队哪有不胜利的？"

这个故事出自《左传·庄公十年》。在这个故事中，曹刿说战斗刚开始的时候士气最旺盛，越往后便慢慢衰落下去，所以趁士气高涨的时候去攻打松懈疲乏的军队，一定会取得胜利的。这便是成语"一鼓作气"的出处。现在，这个成语多用来比喻做事要趁大家情绪高涨、劲头十足时，一下子做完，含有鼓励的意思。

战车复原图

一鸣惊人

战国时期，齐威王三十岁就继承了王位。继位后，他一连三年吃喝玩乐，不理朝政，把国家搞得乱七八糟。

韩、赵、魏等国见有机可乘，纷纷出兵攻打齐国，吞并了齐国很多土地。可是齐威王并不将此放在心中，仍旧我行我素、吃喝玩乐。大臣们看在眼里，急在心上，却都不敢当面劝谏。朝中有个大臣名叫淳于髡，他是个善于用隐语进谏的辩士。一天，他进宫对威王说："国中有一只大鸟，栖息在大王的宫殿里，三年了，它没有飞过一次，也没有叫过一声，您知道这是为什么吗？"齐威王知道他是在以大鸟暗指自己，就说："这可不是一只平凡的鸟呀！它不飞则已，一飞就能冲破云天；不叫则已，一叫就会惊动天

金柄玉环首

下的人。"

后来，齐威王果然像换了一个人似的，再也不沉迷于酒色，而是励精图治。他召见了全国七十二个县的县长，奖功罚过。同时，还采取一系列有利的措施，发展生产，整顿军务，没过多久就把齐国治理得国富民强。之后，他又率军打败魏国，收回了被占的土地。他在位的三十七年间，齐国一直是一个强国。

以上故事中，齐威王所说的大鸟"不叫则已，一叫就会惊动天下的人"，并以此来比喻自己，便是成语"一鸣惊人"的出处。它的意思是比喻一些人平时默默无闻，但一下子却作出惊人之举。这个故事被记录在《史记·滑稽列传》中。

陶马

145

愚公移山

愚公移山图

传说古时候有两座分别叫做太行和王屋的大山。山的北面住着一位快九十岁的名叫愚公的老人。由于两座山的阻隔，他每次出门都得绕道而行，很不方便。于是他召集全家，想把这两座山搬走。大家商议把挖出来的泥土和石块扔到东方的海边和北方最远的地方。

从此，愚公便带着儿孙们开始挖山。虽然全家一天挖不了多少，但他们毫不气馁，坚持不懈地挖山。直到季节更替时才回一次家。有个名叫智叟的老人听说这件事后，特地赶去劝愚公说："你这样做太不明智了。你的精力是有限的，以有限的精力又怎能把这两座山移走呢？"

愚公反驳他说："你这个人真是顽固不化，简直无法开导。即使我死了，还有我的儿子在这里。儿子死了，还有孙子，孙子又生孩子，孩子又生儿子。子子孙孙是无穷无尽的，而山却

不会再增高，为什么挖不平呢?"

后来山神见愚公挖山不止，便把这件事报告给了玉帝。愚公的精神深深地打动了玉帝。玉帝于是派了两个大力天神下凡，将两座山背走了。从此，这里不再有高山阻隔道路，愚公出门也不必绕道而行了。后来，人们便根据这个故事总结出成语"愚公移山"，用来形容人知难而进，有坚定不移的精神和毅力。这个故事被记录在《列子·汤问》中。

指鹿为马

秦始皇死后，宦官赵高与丞相李斯伪造遗诏，立胡亥为皇帝。秦二世胡亥封赵高为郎中令。赵高后来又害死李斯，当了丞相，但赵高并不满足，皇帝才是他最终的目标。他想试探一下朝中大臣的态度，就想出一个办法。一天，他把一只梅花鹿牵到朝上，说："这是我刚为陛下找到的一匹骏马。"秦二世笑着说："丞相怎么啦，这明明是鹿，为什么说是马呢？"

赵高说："这就是马，不是鹿，如果不信可让群臣做证。"赵高说完，用威胁的眼光看着群臣。有的大臣不敢得罪赵高，违心地说是马；有的大臣不愿说假话，就说是鹿。秦二世渐渐就糊涂了，以为自己的眼睛出了问题。赵高把不服从自己的大臣记住，

赵高像

日后千方百计地加以迫害，把他们都关进监狱里。大臣们对他又恨又怕。

以上故事中，赵高故意将鹿说成是马，逼迫大臣们承认，这便是成语"指鹿为马"的来源，比喻混淆是非、颠倒黑白。这个故事被记录在《史记·秦始皇本纪》中。

彩漆鹿

陶马

专心致志

从前，有个人很会下棋，大家都叫他弈秋。

弈秋收了两个弟子，他同时给他们上课，非常认真地把棋艺传授给他们。

一个学生一心一意地听讲，把心思全放在听课上，不注意别的。而另一个学生则心不在焉地坐在那里，一会儿去看窗外的人，一会儿去看近处的风景。天上有几只天鹅飞过，他想：我要是有一只弓多好，射下一只天鹅煮了吃，那该多好哇！

他一想还在上课，就不耐烦地叹口气，听一会儿老师所讲的内容。不一会儿，又有天鹅飞过，他又开始浮想联翩了。弈秋已经讲完了，他都没有发

觉。弈秋叫他们对下一局，看看学习效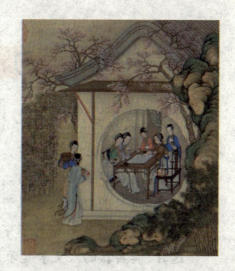
果如何。刚开局时，不专心听讲的那个
学生还没显出什么不足来，毕竟他也是
有基础的。但后来，差距就渐渐地显现
出来了。专心听讲的那个学生从容布局、
应战，不专心听讲的这个学生只能招架，
不能进攻了。弈秋看得明白。他说："下
棋只是一个小小的技艺，不是大本事，可
是不专心学习它，同样学不好。"

　　孟子将这个故事记录在《孟子·告
子上》中。在这个故事中，弈秋告诫那个不专心听讲的学生说，虽然下
棋只是一种小技艺，"可是不专心学习它，同样学不好"，这就是"专心
致志"的出处。它的意思是指一心一意、聚精会神，思想高度集中。

自相矛盾

　　很久很久以前，楚国有一个卖兵器的人，到市场上去卖矛和盾这两种兵器。他举着盾大声说："我的盾，是世界上最好的盾，无论怎样锋利的矛也刺不穿它！"围观的人都很好奇：这是什么做的盾啊？什么尖锐的兵器都刺不穿？

　　这时，卖兵器的人又拿起矛，大声喊道：我的矛，是世界上最尖锐的矛，无论多么坚固的东西都能刺穿！"他一边大喊着介绍矛的好处，一边挥舞着盾。围观的人更多了，他更高兴了，向围观的人吆喝道："快来看，快来买，全世界最好的矛，全世界最好的盾！"

　　围观的人群中有一个人拿起一支矛，又拿起一面盾，问他："你这矛是最尖锐的？"卖兵器的点点头。"这盾也是最坚固的？"他又点点头。"那用你的矛刺你的盾会是什么结果？"卖兵器的人说不出话来。

　　这是被记录在《韩非子·难势》中的一个很有意思的小故事。在这个故事中，卖兵器的人一味地夸耀自己的兵器，但他的话却充满了矛盾。后人根据这个故事总结出成语"自相矛盾"，形容言论、行为互相抵触，不能自圆其说。

菱□□

漆绘
木盾